Kleine
Erzähler-Bibliothek

Herman Melville

Benito Cereno

Martus Verlag München

Aus dem Amerikanischen
übertragen von
Günther Steinig

Lizenzausgabe mit freundlicher Genehmigung
des Verlages Sammlung Dieterich.

Gesetzt aus der Bembo Antiqua
Satz, Druck, Bindung: Kösel, Kempten.
Printed in Germany.
ISBN 3-928606-03-4

Im Jahre 1799 lag Kapitän Amasa Delano aus Duxbury in Massachusetts, der Befehlshaber eines großen Robbenfängers und üblichen Handelsschiffes, mit kostbarer Ladung im Hafen von St. Maria, einer kleinen, öden und unbewohnten Insel im südlichsten Teil der langen chilenischen Küste, vor Anker. Er hatte dort angelegt, um Wasser einzunehmen.

Als er am zweiten Tage, kurz nach Morgendämmerung, in seiner Koje lag, kam sein Maat herunter und meldete ihm, daß ein fremdes Segelschiff in die Bucht einlaufen wolle. Damals verkehrten in jenen Gewässern noch nicht so viele Schiffe wie heutzutage. Der Kapitän stand auf, kleidete sich an und ging an Deck.

Es war ein für jene Küste bezeichnender Morgen. Alles lag reglos und stumm, in Grau gehüllt. Trotz einer langhin rollenden Dünung schien das Meer unbewegt zu sein. Es war glatt wie Blei, das, in der Gießform abgekühlt, in Wellen erstarrt ist. Der Himmel bildete eine graue Decke. Rastlose graue Vögel, eins mit den rastlosen grauen Nebelschwaden, in denen sie verschwammen, glitten niedrig und stoßweise über die Fluten dahin – wie Schwalben über Wiesen, wenn Stürme nahen. Gegenwärtige Schatten, die künftige tiefere Schatten voraussahnen ließen.

Zur Überraschung Kapitän Delanos zeigte das fremde Schiff, durchs Glas betrachtet, keinerlei Flagge, wie es doch bei friedfertigen Seefahrern aller Nationen, wenn sie in einen Hafen einliefen, Brauch war, wobei es keine Rolle spielte, ob die Küste unbewohnt war oder auch nur ein einziges Schiff vor Anker lag. Wenn man die Gesetzlosigkeit und Öde der Gegend sowie gewisse, damals mit jenen Meeren zusammenhängende Geschichten in Betracht zog, hätte sich Kapitän Delanos Überraschung leicht bis zum Unbehagen steigern können; aber er war ein Mensch von ungewöhnlich vertrauensseligem Charakter, und nur ganz besondere und wiederholte Anlässe – und selbst diese kaum – konnten ihn, wofern sie auf menschliche Niedertracht schließen ließen, aus der Ruhe bringen. Ob freilich im Hinblick darauf, wessen der Mensch fähig ist, ein solcher Wesenszug, gepaart mit einem gütigen Herzen, einen besonders schnell und genau arbeitenden

Verstand bedingt, das sei Klügeren zur Entscheidung überlassen.

Alle Befürchtungen, die sich beim ersten Anblick des fremden Schiffes einstellen mochten, wären jedoch für jeden Seemann sofort zerstreut worden, sobald er gesehen hätte, daß das Schiff beim Einlaufen in den Hafen zu sehr in Landnähe geriet; denn dort ragte ein überspültes Riff vor seinem Bug. Damit war wohl bewiesen, daß dem Schiff weder der Robbenfänger noch die Insel bekannt war, es also kein in jenem Ozean beheimatetes Piratenschiff sein konnte. Mit nicht geringem Interesse setzte Kapitän Delano seine Beobachtungen fort, die ihm durch den Nebel nicht eben erleichtert wurden; denn er hüllte den Schiffsrumpf teilweise ein und behinderte den Schein einer fernen Morgenlaterne in seiner Kajüte. Dasselbe niedrige, kriechende Gewölk umschleierte auch die Sonne, die, zu dieser Zeit von der Horizontlinie halbiert, zugleich mit dem Schiff in den Hafen eindringen zu wollen schien und an die Intrigantin in Lima erinnerte, deren unheildrohendes Auge aus dem indianischen Guckloch ihres dunklen Mantels über die Plaza starrt.

Freilich konnte der Nebel täuschen; doch je länger man das fremde Schiff beobachtete, um so seltsamer nahmen sich seine Manöver aus. Es ließ sich nur schwer erkennen, ob es in den Hafen einlaufen wollte oder nicht – ja, was es überhaupt für Wünsche und Absichten hegte. Der Wind, der über Nacht etwas aufgefrischt hatte, wehte jetzt überaus schwach und täuschend, wodurch die Bewegungen des Schiffes offenbar noch unsicherer wurden.

In der Vermutung, daß sich das Schiff in Seenot befände, befahl Kapitän Delano schließlich das Walboot zu Wasser und ließ es wider die vorsichtig geäußerten Bedenken seines Maats darauf vorbereiten, längsseits des fremden Schiffes zu gehen, um es wenigstens hereinzulotsen. In der vorigen Nacht hatte sich ein Matrosentrupp auf Fischfang nach einigen abgelegenen Klippen außer Sichtweite des Robbenfängers begeben und war ein oder zwei Stunden vor Tagesanbruch mit stattlicher Beute zurückgekehrt. In der Annahme, daß das fremde Schiff geraume Zeit nicht habe vor Anker gehen können, ließ der Kapitän mehrere Körbe mit Fischen als Geschenk ins Boot stellen und gab den Befehl zur Abfahrt. Da sich das Schiff noch immer in zu großer Nähe des unsichtbaren Riffes befand, mußte er es für gefährdet halten und trieb seine Leute zur Eile an, damit die Männer an Bord von ihrer Lage verständigt werden konnten. Aber einige Zeit, ehe das Boot herankam, hatte sich der Wind, so leicht er war, gedreht, dem Schiff entgegengeblasen und die Dämpfe, die es umhüllten, teilweise zerrissen.

Aus geringerer Entfernung gesehen, bot das Schiff, das sich deutlich von den bleifarbenen Wellen abhob und hie und da von zerrissenen Nebelfetzen umhüllt war, den Anblick eines weißgetünchten Klosters auf einem düsteren Pyrenäenfelsen nach einem Unwetter dar. Diese Ähnlichkeit war nicht lediglich eine Ausgeburt der Phantasie; denn sie verleitete Kapitän Delano fast zu der Vermutung, daß er nichts Geringeres als eine Schiffsladung Mönche vor sich hätte. Was da über die Reling spähte, nahm sich im Dunst der Ferne wie ein Gewühl mönchischer Kapuzen aus, während andere dunkle Gestalten, die hin und wieder durch die Pfortenöffnungen zu erblicken waren, etwa ›Schwarzen Brüdern‹ glichen, die durch die Kreuzgänge ihres Klosters wandeln.

Bei näherem Zusehen änderte sich diese Erscheinung, und das wahre Wesen des Schiffes ließ sich erkennen: Es war ein spanisches Handelsschiff erster Klasse, das neben anderer wertvoller Ladung Negersklaven von einem Kolonialhafen in den anderen führte. Ein sehr großes und einstmals sehr schönes Schiff, wie dergleichen damals gelegentlich in jenen Gewässern angetroffen wurden: ausgemusterte Goldschiffe aus Acapulco oder Fregatten der königlichen spanischen Flotte, die wie alte italienische Paläste noch im Verfall ihrer Herrschaft Zeichen früherer Würde bewahrt haben.

Als das Walboot näher und näher herankam, ließ sich unterscheiden, daß das eigentümliche kalkweiße Aussehen des Schiffes von der Vernachlässigung herrührte, der es ausgesetzt gewesen war. Spieren, Taue und ein großer Teil des Schanzkleides sahen aus, als ob sie mit einem wolligen Gewebe überzogen wären, weil sie dem Kratzeisen, dem Teer und der Bürste seit langem entfremdet waren. Es schien, als seien in Hesekiels ›Tal der verdorrten Gebeine‹ sein Kiel gelegt, seine Rippen zusammengesetzt und das Schiff selbst vom Stapel gelassen worden.

Für die Aufgabe, die das Schiff gegenwärtig zu erfüllen hatte, war an seiner allgemeinen Gestalt und seiner Takelung gegenüber seinem ursprünglichen kriegerischen Charakter anscheinend nur wenig verändert worden. Allerdings konnte man keine Kanonen erblicken.

Die geräumigen Mastkörbe waren mit einem Etwas umgeben, das einst ein achteckiges Netzwerk gewesen war, sich aber nun im Zustand trauriger Vernachlässigung befand. Die Mastkörbe hingen dort oben wie drei zertrümmerte Vogelkäfige, in deren einem auf einer Webeleine ein weißer Tölpel saß – ein seltsamer Vogel, der seinen Namen seinem trägen, schlafwandlerischen Wesen verdankt und häufig auf See mit der Hand gefangen wird. Zerstört und mit Schimmel bedeckt, glich das burgartige Vorderkastell einem alten Wachtturm, der vor langer Zeit im Sturm genommen und dann dem Verfall preisgegeben worden ist. Oberhalb der unbenutzten Staatskabine, deren Lukendeckel trotz der milden Witterung fest verschlossen und kalfatert waren, ragten achtern zwei hohe Heckgalerien empor, deren Geländer stellenweise mit trockenem, zunderartigem Seemoos bedeckt waren: verlassene Balkone, die über dem Meer hingen, als ob es der Canale Grande von Venedig wäre. Das hauptsächliche Überbleibsel vergangener Größe war indes das reichgeschnitzte Oval des schildartigen Heckstükkes, das, mit den verschlungenen Zeichen von Kastilien und León geschmückt, von Rundbildern umgeben war, die mythologische und allegorische Gruppen zeigten. Ganz oben in der Mitte war ein maskierter dunkler Faun zu sehen, der den Fuß auf den gebeugten Nacken einer gleichfalls maskierten kriechenden Figur setzte.

Ob das Schiff eine Galionsfigur oder einen einfachen Schiffsschnabel besaß, ließ sich nicht genau feststellen, weil dieser Teil mit Leinwand umwickelt war; entweder sollte er während einer Überholung geschützt oder sein Verfall schicklich verborgen werden. In groben Zügen, wie in einer Matrosenlaune mit Ölfarbe oder Kreide geschrieben, war längs der Vorderseite auf einer Art Sockel unterhalb der Leinwand die Inschrift ›Seguid vuestro jefe‹ (Folgt eurem Führer) zu lesen, während auf der fleckigen Vorderwand in stattlichen, ehemals vergoldeten Lettern der Name des Schiffes, ›San Dominick‹, prangte, jeder Buchstabe vom herabrieselnden Rost kupferner Nägel streifig gebeizt. Mit jedem Rollen des Schiffsrumpfes, das an das Schwanken eines Leichenwagens gemahnte, wogten dunkle Girlanden von Seegras wie Trauerflore über dem Namen hin und her.

Als das Boot endlich vom Bug zum Fallreep herangeholt wurde, rieb sich sein Kiel, wiewohl noch einige Zoll vom Schiffsrumpf entfernt, hart wie an einem überspülten Korallenriff. Die Ursache war eine gewaltige Ansammlung von Entenmuscheln, die unter Wasser an der Seitenwand des Schiffes wie eine Balggeschwulst hingen und die widrigen Winde und langen Flauten verrieten, die es irgendwo in jenen Meeren zu überstehen hatte.

An der Seitenwand hinaufkletternd, sah sich der Besucher sogleich von einem lärmenden Gewimmel weißer und schwarzer Menschen umgeben; doch überwog die Zahl der Schwarzen alle Erwartungen, obgleich das Schiff dem Transport von Negern diente. Sie alle sprudelten in einer einzigen Sprache und wie mit einer einzigen Stimme eine gemeinsame Erzählung ihrer Leiden hervor, worin es die Negerinnen, deren Zahl nicht klein war, den übrigen in der Heftigkeit ihrer Wehklagen zuvortaten. Der Skorbut hatte zusammen mit dem Fieber den größten Teil der Bemannung, insbesondere Spanier, dahingerafft. Auf der Höhe von Kap Horn war man mit knapper Not dem Schiffbruch entronnen; dann hatte man lange Tage im Banne von Windstillen gelegen. Die Vorräte waren gering. Trinkwasser fast gar nicht mehr vorhanden, und ihre Lippen waren ausgedörrt.

Während so Kapitän Delano all ihren eifrigen Zungen zur Zielscheibe diente, umfaßte er mit einem einzigen scharfen Blick alle Gesichter und sonstigen Gegenstände in der Runde.

Immer, wenn man auf See ein großes, volkreiches und vor allem ausländisches Schiff mit fremder, etwas aus ostindischen oder Manila-Matrosen bestehender Mannschaft betritt, erhält man einen ganz anderen Eindruck als etwa beim Betreten eines fremden Hauses mit fremden Bewohnern in einem fremden Lande. Sowohl das Haus mit seinen Wänden und Fensterläden als auch das Schiff mit seinen hohen, wallartigen Schanzkleidern bewahren ihr Inneres bis zuletzt vor neugierigen Blicken. Was das Schiff betrifft, kommt jedoch noch etwas anderes hinzu: Das belebte Schauspiel, welches es so unmittelbar und vollständig enthüllt, übt im Gegensatz zur Leere des Ozeans, die es umgibt, eine geradezu zauberhafte Wirkung aus. Das Schiff scheint unwirklich; die seltsamen Trachten, Bewegungen und Gesichter gleichen einem soeben der Tiefe entstiegenen Schattenbild, das sogleich wieder dahin zurückkehren muß, woher es gekommen.

Vielleicht legte Kapitän Delano auf Grund eines Einflusses, wie er hier zu beschreiben versucht wurde, Dingen, die beim ruhigen Nachdenken allerdings etwas ungewöhnlich aussehen mochten, übertriebene Wichtigkeit bei – wie vor allem den auffallenden Gestalten von vier ältlichen Negern, deren Schädel schwarzen, struppig bewachsenen Weidenköpfen glichen und die gleich Sphinxen in würdevollem Gegensatz zu der unter ihnen lärmenden Menge auf den Steuer- und Backbord-Kranbalken und auf den Schanzkleidern über den Hauptankerketten hockten. Sie hielten altes, aufgedrehtes Tauwerk in den Händen und zerzupften es in stoischer Selbstzufriedenheit zu Werg, wovon schon ein kleiner Haufen neben ihnen lag. Ihre Tätigkeit begleiteten sie mit einem ununterbrochenen, leisen und eintönigen Singsang, der mit seinem Gesumm und Gebrumm an grauhaarige Dudelsackpfeifer denken ließ, die einen Trauermarsch spielen.

Das Achterdeck stieg zu einer hohen und breiten Heckkabine auf, auf deren vorderem Rand – gleich den Wergzupfern etwa acht Fuß oberhalb der allgemeinen Menge – in gleichmäßigen Abständen die Gestalten sechs anderer Schwarzer im Schneidersitz hockten. Jeder von ihnen hielt ein rostiges Beil in der Hand, das er wie eine Scheuermagd mit einem Stückchen Backstein und einem Lappen blankzuputzen hatte. Zwischen den einzelnen Paaren lagen

hilflose Schiff seewärts zu treiben begann. Aber im Vertrauen darauf, daß dieser Zustand nicht von Dauer wäre, war Kapitän Delano hoffnungsvoll bestrebt, die Fremden aufzuheitern; denn es bereitete ihm große Genugtuung, daß er sich mit ihnen dank seinen häufigen Fahrten in spanischen Gewässern ziemlich frei in ihrer Muttersprache unterhalten konnte.

Mit ihnen allein gelassen, konnte er bald einige Beobachtungen machen, die seine ersten Eindrücke vertieften. Aber seine Überraschung verwandelte sich in Mitleid, das sowohl den Spaniern wie auch den Schwarzen galt, weil sie durch den Mangel an Trinkwasser und Proviant in gleicher Weise geschädigt worden waren. Die andauernden Leiden schienen die weniger angenehmen Seiten der Neger ans Licht gezogen zu haben, indes zugleich die Autorität der Spanier beeinträchtigt worden war. Unter den obwaltenden Umständen war diese Lage der Dinge allerdings vorauszusehen gewesen. In Kriegsheeren und Flotten, in Städten und Familien, ja, in der Natur selbst ist die Ordnung durch nichts mehr als durch den Mangel gefährdet. Freilich vergaß Kapitän Delano nicht, daß die Mißstände, wenn Benito Cereno energischer gewesen wäre, kaum das gegenwärtige Ausmaß erreicht hätten. Die entweder angeborene oder durch körperliche und geistige Beschwerden verursachte Schwäche des spanischen Kapitäns war jedoch nicht zu übersehen. Ein Opfer seines tief eingewurzelten Trübsinns, war er so lange von Hoffnungen genarrt worden, daß er sich ihnen selbst jetzt, da sie sich nicht mehr als trügerisch erwiesen, nicht hingeben mochte. Jedenfalls schien ihn die Aussicht, spätestens am Abend vor Anker zu liegen, reichlich Wasser für seine Leute und einen Freund und Ratgeber in einem brüderlich gesinnten Kapitän gefunden zu haben, nicht merkbar zu ermutigen. Sein Geist schien geschwächt, wenn nicht noch ernster angegriffen zu sein. Von den eichenen Schiffswänden eingeschlossen, in den eintönigen Kreis seiner Befehlspflichten gebannt, deren Unausweichlichkeit ihn abstieß, schlich er umher wie ein hypochondrischer Abt, blieb bisweilen unvermittelt stehen, starrte verwundert um sich, biß sich die Lippen, die Fingernägel, wurde abwechselnd rot und blaß, zerrte an seinem Bart und gab Anzeichen eines abwesenden oder gestörten Geistes. Dieser kranke Geist wohnte, wie bereits gesagt wurde, in einem kranken Körper. Der Kapitän war ziemlich groß, schien aber nie robust gewesen zu sein und war jetzt durch sein Nervenleiden bis zum Skelett abgemagert. Eine gewisse Veranlagung zur Schwindsucht schien in letzter Zeit mehr hervorgetreten zu sein. Wie ein Mensch, dessen Lunge zur Hälfte zerstört ist, sprach er in einem heiseren und unterdrückten Flüstern. Kein Wunder, daß dem in solchem Zustand herumwankenden Manne sein Diener besorgt auf dem Fuße folgte. Von Zeit zu Zeit bot der Neger seinem Herrn den Arm oder zog für ihn sein Taschentuch aus der Tasche. Diese und ähnliche Dienste verrichtete er mit jenem inbrünstigen Eifer, der solche an sich niedrigen Dienstleistungen in kindliche oder brüderliche Akte verwandelt und der dem Neger den Ruf des angenehmsten Leibdieners der Welt eingetragen hat. Einen solchen Diener, der eher ein ergebener Gefährte ist, kann sein Herr ohne steife Herablassung, doch mit freundschaftlichem Vertrauen behandeln.

Angesichts der lauten Zuchtlosigkeit der anderen Schwarzen und der mürrischen Trägheit der Weißen betrachtete Kapitän Delano das gute Benehmen Babos nicht ohne innere Befriedigung.

Aber weder das gute Benehmen Babos noch die schlechte Aufführung der anderen schienen den halb wahnsinnigen Don Benito seinem dumpfen Brüten entreißen zu können. Allerdings war dies nicht ganz der Eindruck, den der Spanier auf seinen Gast ausübte. Die persönliche Unrast des Spaniers konnte im Augenblick nur als besonders hervorstechendes Merkmal der allgemeinen Niedergeschlagenheit an Bord angesehen werden. Bei alledem war Kapitän Delano nicht wenig von der Art Don Benitos, die er geradezu als unfreundliche Gleichgültigkeit ihm selbst gegenüber auslegen mußte, betroffen. Überdies zeigte das Benehmen des Spaniers eine gewisse griesgrämige Verachtung, aus der er kein Hehl zu machen suchte. Dies schrieb der Amerikaner in seiner Nächstenliebe jedoch den lästigen Auswirkungen des Siechtums zu, da er schon früher öfter bemerkt hatte, daß es gewisse Sonderlinge gab, bei denen langes körperliches Leiden jedes Gefühl für angenehme gesellige Umgangsformen abgestumpft zu haben schien. Da sie selbst genötigt waren, schwarzes Brot zu essen, hielten sie es nur für gerecht, wenn sie jeden, der in ihre Nähe kam, durch kränkendes Verhalten dazu zwangen, an ihrer Kost teilzunehmen.

Aber bald schien es Kapitän Delano, daß er trotz all seiner anfänglichen Nachsicht zu wenig Sympathie in der Beurteilung des Spaniers habe walten lassen. Eigentlich war es ja nur die Verschlossenheit Don Benitos, die ihm mißfiel; aber diese ließ er alle außer seinem getreuen persönlichen Wärter spüren. Sogar die förmlichen Berichte, die ihm, wie es auf Schiffen Brauch ist, zu bestimmten Zeiten von irgendeinem unbedeutenden Untergebenen – einem Weißen, Mulatten oder Neger – erstattet wurden, nahm er mit wenig Geduld und verächtlichem Widerwillen entgegen. Sein Verhalten bei diesen Gelegenheiten mochte in gewissem Sinne dem seines kaiserlichen Landsmannes Karl V. ähneln, bevor sich dieser Monarch vom Thron in die Einsamkeit der Klosterzelle zurückzog.

Die grämliche Abneigung gegen seinen Rang zeigte sich in fast jeder seiner dienstlichen Handlungen. Ebenso stolz wie mißmutig, ließ er sich nicht dazu herab, persönlich einen Befehl zu erteilen. War dies jedoch unumgänglich nötig, so bediente er sich dazu der Mittelsperson seines Leibdieners, der seinerseits die Befehle durch Boten, flinke spanische oder Negerjungen, die ihn wie Pagen oder Lotsenfische beständig umkreisten, an ihren letzten Bestimmungsort gelangen ließ. Beim Anblick dieses verschlossenen Leidenden, der schweigend und träge umherschlich, hätte sich's keine Landratte träumen lassen, daß er eine Befehlsgewalt verkörperte, gegen die es, solange er sich auf See befand, keine irdische Berufung gab.

So schien der Spanier, was sein zurückhaltendes Wesen betraf, das unfreiwillige Opfer einer Geistesstörung zu sein. Allerdings mochte seine Reserve in gewissem Grade Absicht sein. Wenn dies der Fall war, so zeigte sich hier der gefährliche Gipfel jener mehr oder weniger von allen Befehlshabern großer Schiffe angenommenen, eiskalten, aber bewußten Politik, außer in Fällen dringender Not die Hervorkehrung ihrer Würde sowie jede Spur von Umgänglichkeit zu verleugnen. So verwandelt sich der Mensch in einen Block oder vielmehr in eine geladene Kanone, die so lange nichts zu sagen hat, bis ihr das Signal zum Losdonnern erteilt wird.

Sah man ihn in diesem Lichte, so schien es nur eine logische Folge der durch langgeübte Selbstbeherrschung entstandenen, unnatürlichen Gewohnheit zu sein, daß der Spanier ungeachtet der gegenwärtigen Lage seines Schiffes bei einer Haltung beharrte, die auf einem wohlversehenen Schiff, wie es die ›San Dominick‹ bei ihrer Ausfahrt gewesen sein mochte, allerdings harmlos und vielleicht sogar angebracht war, jetzt aber ganz und gar sinnlos wirkte. Oder bildete sich der Spanier etwa ein, daß es Schiffskapitäne ähnlich zu halten hätten wie Götter und daß Zurückhaltung unter allen Umständen ihre Richtschnur sein müsse? Aber möglicherweise war diese Vorspiegelung eines schlummernden Herrscherwillens auch nur ein Versuch des Spaniers, seine ihm wohlbewußte Unzulänglichkeit zu bemänteln – nicht hohe Politik also, sondern niedrige List. Allein, mochte alles sein, wie es wollte – mochte Don Benitos Benehmen beabsichtigt sein oder nicht: je mehr Kapitän Delano seine Zurückhaltung spürte, um so weniger beunruhigte ihn der Gedanke, daß sie gegen ihn selbst gerichtet sein könne.

Indessen beschäftigten sich seine Gedanken nicht nur mit dem Kapitän. An die Ruhe und Ordnung des Robbenfängers mit seiner an eine zufriedene

Familie erinnernden Mannschaft gewöhnt, lenkte er sein Augenmerk wiederholt auf den lärmenden Trubel der notleidenden Menge der ›San Dominick‹. Nicht nur gegen die Disziplin, sondern auch gegen den Anstand ließen sich einige erhebliche Verstöße feststellen. Diese mußte Kapitän Delano hauptsächlich dem Fehlen unterer Deckoffiziere zuschreiben, denen auf einem volkreichen Schiff außer höheren Pflichten sozusagen der Polizeidienst obliegt. Wohl schienen die alten Wergzupfer ihren schwarzen Landsleuten gegenüber die Rolle mahnender Polizisten zu spielen. Wenn es ihnen auch gelang, gelegentliche kleine Übergriffe einzelner mit Erfolg zu dämpfen, konnten sie doch für die Herstellung der allgemeinen Ruhe nur wenig oder gar nichts tun. Die ›San Dominick‹ befand sich in der Lage eines transatlantischen Auswandererschiffes, unter dessen großer lebender Fracht sich zweifellos einige Geschöpfe befinden, die nicht mehr stören als Kisten und Körbe; aber die freundlichen Ermahnungen jener ihren rauheren Gefährten gegenüber nützen weniger als der unfreundliche Arm des Maats. Was die ›San Dominick‹ brauchte, das Auswandererschiff aber besitzt, waren strengere höhere Offiziere. Auf diesen Decks war indessen noch nicht einmal ein vierter Offizier zu sehen.

Es reizte die Neugier des Besuchers, die Einzelheiten der Unbilden zu erfahren, die diesen Mangel an Offizieren samt seinen Folgen verursacht hatten. Denn wenn er auch manchen Hinweis auf die Reise aus den Wehklagen, die ihm bei seiner Ankunft an Bord entgegengeklungen waren, hatte entnehmen können, über die genaueren Umstände war noch keine klare Auskunft zu erlangen gewesen. Zweifellos würde ihm diese am besten der Kapitän geben können. Doch zunächst schrak der Besucher vor einer Frage zurück, weil er eine hochmütige Abfuhr befürchtete. Endlich aber faßte er Mut, ging auf Don Benito zu, drückte ihm abermals seine wohlwollende Anteilnahme aus und setzte hinzu, daß er vielleicht besser helfen könne, wenn ihm Einzelheiten über die Mißgeschicke des Schiffes bekannt wären. Ob ihm wohl Don Benito die ganze Geschichte erzählen würde.

Don Benito schwankte; dann starrte er seinen Gast wie ein Nachtwandler, der plötzlich angerufen wird, ausdruckslos an, um den Blick schließlich zur Erde zu richten. In dieser Haltung verharrte er lange, so daß sich Kapitän Delano, fast ebenso verstimmt, aber auch fast ebenso unhöflich, brüsk von ihm abwandte und auf einen der spanischen Matrosen zutrat, um von diesem die gewünschte Auskunft zu erlangen. Er hatte sich jedoch kaum fünf Schritte entfernt, als Don Benito ihn ungestüm zurückrief, seine momentane Zerstreutheit bedauerte und sich bereit erklärte, ihm zu Diensten zu sein.

Während des größten Teils der Erzählung standen die beiden Kapitäne auf dem hinteren Teil des Hauptdecks, einem bevorzugten Platz, weil sich dort außer dem Diener niemand in ihrer Nähe befand.

»Es ist jetzt hundertundneunzig Tage her«, begann der Spanier in seinem heiseren Flüstertone, »daß dieses Schiff, mit Offizieren und Mannschaften wohlversehen, dazu mit mehreren Kajütenpassagieren – insgesamt fünfzig Spaniern – an Bord, von Buenos Aires nach Lima absegelte. Die Fracht war die übliche, Eisenwaren, Mate und dergleichen und«, hier deutete er nach vorn, »dieser Negerhaufen, jetzt nicht mehr als hundertundfünfzig, damals jedoch über dreihundert Seelen. Auf der Höhe von Kap Horn suchten uns schwere Stürme heim. In einem Augenblick gingen bei Nacht drei meiner besten Offiziere mit fünfzehn Matrosen und der Großrah über Bord; denn die Spiere brach unter ihnen in den Tauen, als sie ein vereistes Segel mit Hebebäumen herabzuschlagen versuchten. Um das Schiff zu entlasten, wurden die schwereren Matesäcke sowie die meisten Wasserschläuche, die damals auf Deck festgemacht waren, ins Meer geworfen. Diese Notwendigkeit bildete, zusammen mit den uns später auferlegten langen Wartezeiten, schließlich den Hauptgrund unserer Leiden. Als ...«

Hier erlitt er plötzlich einen seiner Hustenanfälle,

zweifellos durch sein nervöses Leiden verursacht. Sein Diener stützte ihn, zog ein herzstärkendes Mittel aus seiner Tasche und setzte es ihm an die Lippen. Er kam ein wenig zu sich. Der Schwarze jedoch, der ihm seinen Beistand, solange er sich nicht völlig erholt hatte, nicht entziehen wollte, hielt seinen Herrn mit einem Arm umschlungen und sah ihm gleichzeitig fest ins Gesicht, als wolle er je nachdem die ersten Anzeichen der Besserung oder eines Rückfalls beobachten.

Der Spanier redete weiter, jedoch so unklar und abgerissen, wie man in Träumen spricht.

»Ach, mein Gott! Fast hätt ich mit Freuden die furchtbarsten Stürme begrüßt, wenn mir dadurch meine anderen Leiden erspart geblieben wären! Aber...«

Sein Husten kam mit verdoppelter Heftigkeit wieder. Als der Anfall endlich nachließ, sank Don Benito mit rot gefärbten Lippen und geschlossenen Augen schwer gegen seinen Helfer.

»Sein Geist wandert. Er hat an die Seuche gedacht, die den Stürmen folgte«, seufzte der Diener klagend. »Mein armer, armer Herr!« Dabei drückte er mit einer Hand die seine und wischte ihm mit der anderen den Mund. »Aber Sie müssen Geduld haben«, wandte er sich wieder zu Kapitän Delano, »diese Anfälle dauern nicht lange; bald wird der Herr wieder bei sich sein.«

Sobald sich Don Benito erholt hatte, fuhr er in seiner Geschichte fort; doch wurde dieser Teil so stockend hervorgebracht, daß er hier nur auszugsweise wiedergegeben werden kann.

Nachdem das Schiff auf der Höhe von Kap Horn viele Tage von Stürmen herumgetrieben worden war, brach anscheinend der Skorbut aus und raffte zahlreiche Weiße und Schwarze dahin. Zwar konnte man sich schließlich um das Kap Horn herum in den Stillen Ozean hineinmanövrieren; aber Spieren und Segel waren so beschädigt und wurden von den überlebenden Seeleuten, die zum größten Teil Invaliden geworden waren, so unvollkommen gehandhabt, daß das Schiff seinen Nordkurs gegen den gewaltig wehenden Wind nicht fortsetzen konnte, sondern viele Tage und Nächte nach Nordwesten getrieben wurde, wo es in unbekannten Gewässern unversehens lähmenden Windstillen ausgeliefert war. Das Fehlen der Wasserschläuche erwies sich jetzt als ebenso lebensgefährdend wie früher ihr Vorhandensein. Durch die überaus kümmerliche Wasserzuteilung verursacht oder wenigstens verschlimmert, folgte auf den Skorbut ein bösartiges Fieber. Die grenzenlose Hitze der Flaute verrichtete so schnelle Arbeit, daß ganze Familien der Afrikaner und eine verhältnismäßig noch größere Zahl der Spanier wie in Wellen hinweggefegt wurden, unter ihnen zum Unglück alle noch an Bord verbliebenen

Offiziere. Infolgedessen waren die schon zerfetzten Segel, die man einfach hängen lassen mußte, weil man sie nicht mehr anbinden konnte, in den heftigen Westwinden, die die Windstille endlich ablösten, allmählich zu dem Bettlerkleid geworden, das sie jetzt darboten. Um sich Ersatz für die eingebüßten Matrosen sowie neue Wasser- und Segelvorräte zu verschaffen, nahm der Kapitän, sobald es anging, Kurs auf Baldivia, den südlichsten zivilisierten Hafen Chiles und Südamerikas; aber das diesige Wetter in der Nähe der Küste hinderte ihn daran, den Hafen überhaupt nur zu sichten. Seit dieser Zeit wurde die ›San Dominick‹, fast ohne Mannschaft, fast ohne Segelleinen und fast ohne Trinkwasser, der See immer wieder neue Tote übergebend, von widrigen Winden umhergeworfen, geriet in Strömungen oder verkam in Windstillen. Wie ein Verirrter im Walde folgte sie öfter als einmal ihren eigenen Spuren.

»Doch in all diesen Drangsalen«, fuhr Don Benito, der sich in der halben Umarmung seines Dieners gepeinigt wand, mit leiser Stimme fort, »muß ich diesen Negern danken, die sich, so unfügsam sie Ihren unerfahrenen Augen auch scheinen mögen, gesetzter benommen haben, als es unter solchen Umständen ihr Eigentümer selbst erwartet hätte.«

Hier überkam ihn ein neuer Schwächeanfall, und seine Gedanken schweiften wieder ab. Dann aber nahm er sich zusammen und setzte seinen Bericht weniger unbestimmt fort.

»Jawohl, ihr Eigentümer hatte ganz recht, als er mir versicherte, daß man diese Schwarzen nicht in Fesseln zu legen brauche. Daher durften die Neger, wie in dieser Schiffahrt üblich, immer an Deck bleiben und wurden nicht – wie auf den Guinea-Schiffen – unten eingesperrt; sie konnten sich innerhalb gegebener Grenzen frei nach ihrem Belieben bewegen.«

Wieder verließen ihn die Kräfte, und sein Geist ging in die Irre; aber dann faßte er sich und schloß: »Doch diesem Babo hier habe ich, nächst Gott, meine eigene Erhaltung zu verdanken, und ihm gebührt auch in der Hauptsache das Verdienst, seine unwissenderen Brüder besänftigt zu haben, wenn sie manchmal aufzubegehren suchten.«

»Ach, Herr«, seufzte der Schwarze, den Blick senkend, »sprechen Sie nicht von mir. Babo ist nichts, und was Babo getan hat, war nur seine Pflicht.«

»Braver Bursche!« rief Kapitän Delano aus. »Don Benito, um einen solchen Freund beneide ich Sie; denn einen Sklaven möchte ich ihn nicht nennen.«

Als Herr und Diener, der Weiße auf den Schwarzen gestützt, so vor ihm standen, konnte er sich nicht des Gedankens erwehren, wie schön es um ein solches Verhältnis bestellt war, das auf der einen Seite die Treue, auf der anderen das Vertrauen zeigte. Der Eindruck wurde durch das Gegensätzliche in ihrer Kleidung, die ihren Stellungen entsprach, noch vertieft. Der Spanier trug eine lose Chile-Jacke aus spanischem Samt, weiße Beinkleider und Strümpfe mit Silberschnallen an Knie und Spann, einen hochgewölbten Sombrero aus feinem Grasleinen und einen schlanken, silberbeschlagenen Degen, der in einem Knoten seiner Schärpe hing. Dieser Degen bildete ein fast unumgängliches Zubehör eines nach der letzten Mode gekleideten Spaniers und wurde mehr aus Nützlichkeitsgründen als zur Zierde getragen. Der Anzug Don Benitos ließ, wenn er nicht gerade durch seine nervösen Bewegungen in Unordnung geriet, eine gewisse Sorgfalt erkennen, die gegen das wirre Unwesen um ihn her, besonders gegen den unsauberen Platz vor dem Hauptmast, wo sich nur Schwarze aufhielten, auffallend abstach.

Der Diener trug nichts als weite Hosen, die wahrscheinlich, nach dem derben Zeug und den aufgesetzten Flicken zu urteilen, aus einem alten Toppsegel hergestellt waren. Allerdings waren sie sauber und um die Hüften von einem Stück Tau zusammengehalten, das dem Neger, im Verein mit seiner gefaßten und bisweilen abbittenden Miene, das Aussehen eines franziskanischen Bettelmönches gab.

Zumindest in der schlichten Denkweise des Amerikaners mochte die Kleidung des Spaniers der

Zeit und dem Ort unangemessen und in ihrer Dauerhaftigkeit trotz aller Bedrängnisse etwas wunderlich erscheinen; doch ging sie über das unter Südamerikanern damals Übliche kaum hinaus. Obwohl er auf dieser Reise von Buenos Aires abgesegelt war, hatte er selbst gestanden, daß er in Chile gebürtig und ansässig sei, und die Einwohner dieses Landes hatten den schlichten Rock und die vordem plebejischen Pantalons nicht allgemein übernommen, sondern die Tracht ihrer Provinz, malerisch wie keine andere der Welt, mit schicklicher Abwandlung beibehalten. Aber in Anbetracht seiner farblosen Reisegeschichte und seines eigenen farblosen Antlitzes lag etwas so Widersinniges im Aufzuge des Spaniers, daß man fast an das Bild eines siechen Höflings hätte denken können, der in der Pestzeit durch die Straßen Londons wankte.

Der Abschnitt der Erzählung, der das größte Interesse sowie einige Überraschung betreffs der in Frage stehenden Breiten hervorrief, bezog sich auf die erwähnten langen Windstillen sowie auf die ausgedehnten Irrfahrten des Schiffes. Ohne natürlich seine Meinung zu äußern, konnte der Amerikaner wenigstens einen Teil der Verzögerungen lediglich ungeschickter und mangelhafter Seemannskunst zuschreiben. Wenn er die kleinen gelben Hände Don Benitos sah, schloß er ohne weiteres, daß der junge Kapitän seine Befehle nicht von der Kommandobrücke, sondern vom Kajütenfenster erteilt hatte; und wenn das stimmte, wie konnte man sich da noch über Unzulänglichkeiten wundern, wo Jugend, Krankheit und feine Lebensart vereint waren?

Indem Kapitän Delano statt des Tadels jedoch das Mitgefühl sprechen ließ, brachte er erneut seine Sympathie zum Ausdruck und verpflichtete sich, da er nun die ganze Geschichte gehört hätte, nicht nur wie zuvor Don Benito und seine Leute in ihrer unmittelbaren leiblichen Notdurft zu versorgen, sondern versprach jetzt außerdem, ihm mit der Anlieferung eines großen und ausreichenden Wasservorrats sowie Segel- und Takelwerks zu helfen. Überdies wollte er, wenn er dadurch auch selbst in nicht geringe Verlegenheit geriet, drei seiner besten Matrosen als zeitweilige Deckoffiziere zur Verfügung stellen, damit das Schiff ohne Verzug die Reise nach Concepción fortsetzen konnte, um dort für seinen Bestimmungshafen, Lima, völlig instand gesetzt zu werden.

Diese Großmut übte sogar auf den Kranken eine sichtbare Wirkung aus. Seine Miene hellte sich auf; in nervösem Eifer suchte er den ehrlichen Blick seines Gastes. Er schien von Dankbarkeit überwältigt zu sein.

»Diese Aufregung schadet dem Herrn nur«, lispelte der Diener, ergriff seinen Arm und zog ihn mit beruhigenden Worten sanft zur Seite.

Als Don Benito zurückkam, mußte der Amerikaner zu seinem Bedauern bemerken, daß die Hoffnung des Spaniers wie das jähe Aufflackern seiner Wangen nur fieberhaft und vergänglich gewesen war.

Etwas später lud der Wirt seinen Gast, indem er zum Achterdeck hinaufblickte, ein, ihn dorthin zu begleiten, weil er den geringen Lufthauch, der sich da oben regen könne, genießen wollte.

Während der Erzählung war Kapitän Delano ein paarmal beim Zimbelschlagen der Beilputzer zusammengefahren, und er hatte sich gewundert, daß solche Störung, zumal auf diesem Teil des Schiffs und vor den Ohren eines Kranken, erlaubt war. Da ferner die Beile keineswegs erfreulich aussahen (die Personen, die mit ihnen umgingen, übrigens noch weniger), stimmte Kapitän Delano, um die Wahrheit zu sagen, nicht ohne ein gewisses innerliches Widerstreben oder gar Erschauern, jedoch äußerlich höflich der Einladung seines Gastgebers zu. Überdies entsann sich Don Benito in diesem ungelegenen Moment einer Förmlichkeit, die durch sein totenbleiches Aussehen etwas Gequältes erhielt, und bestand unter kastilianischen Verbeugungen feierlich darauf, seinen Gast vor ihm die Leiter, die nach oben führte, ersteigen zu lassen, wo rechts und links neben der letzten Sprosse zwei der unheimlichen Gesellen wie Wappenträger oder Schildwachen saßen. Etwas zaghaft ging Kapitän Delano zwischen ihnen hindurch und spürte in dem Augenblick, da er sie hinter sich ließ, ein unbehagliches Zucken in den Waden wie ein Spießrutenläufer.

Als er dann aber zurückblickte und ihre ganze Reihe stumpf wie Orgeldreher in ihre Arbeit vertieft sah, ohne daß sie sich um etwas in ihrer Umgebung kümmerten, mußte er über die soeben empfundene nervöse Angst lächeln.

Wie er nun, neben seinem Gastgeber stehend, auf die unteren Decks hinabschaute, setzte ihn ein neues Beispiel von Zügellosigkeit in Erstaunen. Drei Negerknaben saßen mit zwei spanischen Schiffsjungen auf den Luken und scheuerten eine Schüssel aus rohem Holz, in der vorher irgendeine armselige Speise gekocht worden war. Plötzlich ergriff einer der Schwarzen, durch ein Wort, das einer seiner weißen Gefährten hatte fallen lassen, in Wut versetzt, ein Messer und stieß damit, obwohl ihn ein Wergzupfer zur Ordnung rief, nach dem Kopfe des Burschen, dem er eine blutende Schnittwunde beibrachte.

Erstaunt erkundige sich Kapitän Delano, was dies zu bedeuten habe. Darauf murmelte der bleiche Don Benito dumpf, daß die Burschen auf diese Art Kurzweil trieben.

»Eine recht grimmige Kurzweil allerdings«, erwiderte Kapitän Delano. »Wenn an Bord der ›Bachelor's Delight‹ dergleichen geschähe, erfolgte sofortige Bestrafung.«

Bei diesen Worten richtete der Spanier einen seiner plötzlichen, starren und halb wahnsinnigen Blicke auf den Amerikaner. Sodann antwortete er, in seine Trägheit zurücksinkend: »Ich zweifle nicht daran, Señor.«

›Sollte dieser unglückliche Mann‹, fragte sich Kapitän Delano, ›einer jener Kapitäne ohne Autorität sein, wie ich sie gekannt habe, die aus Klugheit ein Auge darüber zudrücken, was abzustellen sie keine Macht besitzen? Ich könnte mir nichts Traurigeres denken als einen Befehlshaber, dessen Befehlsgewalt lediglich in seinem Namen liegt.‹

»Ich sollte meinen, Don Benito«, sagte er jetzt, indem er nach dem Wergzupfer, der auf die Burschen einzuwirken versucht hatte, blickte, »daß es für Sie von Vorteil wäre, alle Ihre Schwarzen, besonders die jüngeren, mit etwas zu beschäftigen, ganz gleich, wie nutzlos ihre Aufgabe wäre oder in welcher Lage sich das Schiff befände. Sehen Sie, selbst bei meiner kleinen Schar halte ich solches Vorgehen für unerläßlich. Einmal ließ ich meine Mannschaft auf dem Achterdeck Matten für meine Kajüte spikken, weil ich seit drei Tagen Schiff, Segel, Mannschaft und alles verloren gegeben hatte und wir in einem heftigen Sturm nichts anderes tun konnten, als hilflos vor ihm herzutreiben.«

»Ich zweifle nicht daran«, murmelte Don Benito.

»Allerdings«, fuhr Kapitän Delano, indem er wieder auf die Wergzupfer und dann auf die Beilputzer blickte, fort, »sehe ich, daß Sie wenigstens einen kleinen Teil Ihrer Mannschaft beschäftigt halten.«

»Ja«, war wieder die nichtssagende Antwort.

»Die alten Männer da, die von ihren Kanzeln herunterdrohen«, sprach Kapitän Delano, indem er auf die Wergzupfer zeigte, weiter, »scheinen den anderen gegenüber die Rolle alter Geistlicher zu spielen, deren Ermahnungen auch nicht immer beachtet werden. Haben sie diese Rolle freiwillig übernommen, Don Benito, oder sind sie von Ihnen als Hirten über Ihre Herde schwarzer Schafe eingesetzt worden?«

»Die Posten, die sie ausfüllen, sind ihnen von mir zugeteilt worden«, antwortete der Spanier bitter, als habe ihn eine vermeintlich spöttische Bemerkung gekränkt.

»Und die anderen hier, diese Aschanti-Zauberer«, fuhr Kapitän Delano fort und blickte mit leisem Unbehagen auf die Beilputzer, die ihren stellenweise auf Hochglanz gebrachten Stahl schwangen, »scheinen doch wohl ein etwas seltsames Geschäft zu verrichten?«

»In den Stürmen, die uns heimsuchten«, antwortete der Spanier, »wurden alle Gegenstände der Ladung, die wir nicht über Bord geworfen hatten, durch Salzwasser beschädigt. Seit wir wieder in ruhiges Wetter kamen, habe ich täglich mehrere Kisten Messer und Beile heraufholen lassen, damit sie instand gesetzt und gereinigt würden.«

»Ein kluger Gedanke, Don Benito. Sie sind Miteigentümer des Schiffes und der Ladung, wenn ich nicht irre – aber doch wohl nicht der Schwarzen?«

»Ich bin Eigentümer von allem, was Sie hier sehen«, gab Don Benito ungeduldig zurück, »außer der Mehrzahl der Schwarzen, die meinem verstorbenen Freunde Don Alexandro Aranda gehörten.«

Als er diesen Namen erwähnte, nahm sein Gesicht einen Ausdruck der Verzweiflung an; seine Knie wankten, und sein Diener mußte ihn stützen.

In der Annahme, die Ursache einer so ungewöhnlichen Erregung erraten zu haben, sagte Kapitän Delano, der sich seine Vermutung bestätigen lassen wollte, nach einer Pause: »Und ich darf fragen, Don Benito – da Sie vorhin von einigen Kajütenpassagieren sprachen –, ob Ihr Freund, dessen Verlust Sie so bekümmert, bei der Abreise seine Schwarzen begleitete?«

»Ja.«

»Aber er starb am Fieber?«

»Starb am Fieber. Ach, könnt ich doch ...«

Der Spanier stockte; dann wurde er wieder von einem Zittern befallen.

»Vergeben Sie mir«, sagte Kapitän Delano leise,

»aber ich glaube auf Grund einer ähnlichen Erfahrung vermuten zu können, was Ihren Kummer besonders bitter macht, Don Benito. Einst wollte es mein Unglück, daß ich auf See einen lieben Freund, meinen eigenen Bruder, der damals Superkargo war, verlor. Des Heils seiner Seele sicher, hätte ich sein Scheiden ertragen wie ein Mann. Aber dies ehrliche Auge, diese ehrliche Hand – beide mir so lange vertraut – und dies warme Herz – alles, alles den Haien zum Fraß hingeworfen wie Brocken den Hunden! Damals schwor ich mir, nie wieder mit einem Manne zu reisen, den ich liebe, es sei denn, ich hätte für den Fall eines unabwendbaren Geschickes ohne sein Wissen alles Nötige zur Einbalsamierung besorgt, damit seine sterbliche Hülle an Land bestattet werden könne. Wenn sich die Reste Ihres Freundes jetzt hier an Bord befänden, würde die Erwähnung seines Namens Sie nicht so furchtbar erregen, Don Benito.«

»An Bord dieses Schiffes?« wiederholte der Spanier. Dann sank er mit entsetzten Gebärden, als erwehre er sich eines Gespenstes, in die geöffneten Arme seines Wärters, der Kapitän Delano mit einem vielsagenden Blick zu bitten schien, einen Gegenstand, der seinen Herrn so unaussprechlich peinige, nicht wieder zu berühren.

›Dieser arme Teufel‹, dachte der Amerikaner betroffen, ist das Opfer eines kläglichen Aberglaubens und vermag sich einen entseelten Körper ebensowenig ohne einen Geist vorzustellen wie ein unbewohntes Haus! Wie ungleich sind wir doch geschaffen! Was mir eine weihevolle Genugtuung bedeutet, braucht man dem Spanier nur zu nennen, um ihn bis zur Ohnmacht zu erschrecken. Armer Alexandro Aranda! Was würdest du sagen, wenn du deinen Freund sehen könntest, der sich auf früheren Fahrten, auf Monate von dir getrennt, oft nach einem einzigen Blick von dir gesehnt haben mag und der jetzt beim bloßen Gedanken, daß du ihm nahe sein könntest, vom Grauen überwältigt wird!‹

In diesem Augenblick drang das klägliche Geläut der Schiffsglocke, die zersprungen zu sein schien, von einem der grauen Wergzupfer angeschlagen, zum Zeichen der zehnten Stunde durch die bleierne Stille. Kapitän Delanos Aufmerksamkeit richtete sich auf die herannahende Gestalt eines riesigen Schwarzen, der aus der Menge unten hervortauchte und langsam auf das erhöhte Achterdeck zuschritt. Er trug einen Eisenkragen um den Hals, von dem eine Kette herabhing, die dreimal um seinen Körper geschlungen war; die zusammengeschlossenen Endglieder, ein breites Eisenband, bildete seinen Gürtel.

»Wie stumm Atufal daherkommt«, murmelte der Diener.

Der Schwarze stieg die Stufen zum Achterdeck empor und stand wie ein mutiger Angeklagter, der seinen Urteilsspruch erwartet, in unverzagtem Schweigen vor Don Benito, der sich von seinem Anfall erholt hatte.

Als er ihn kommen sah, war Don Benito zusammengezuckt; ein Schatten des Unwillens flog über sein Antlitz. Als erinnere er sich aber plötzlich daran, daß seine Wut nutzlos sei, preßten sich seine weißen Lippen zusammen.

›Wohl ein eigensinniger Meuterer‹, dachte Kapitän Delano, der die gewaltige Erscheinung des Schwarzen nicht ohne Bewunderung betrachtete.

»Er wartet auf Ihre Frage, Herr«, sagte der Diener.

Auf diese Weise gemahnt, wandte Don Benito nervös den Blick ab, als wolle er einer aufrührerischen Antwort von vornherein ausweichen. Dann sagte er mit unsicherer Stimme: »Atufal, willst du mich um Verzeihung bitten?«

Der Schwarze schwieg.

»Fragen Sie noch einmal, Herr«, murmelte der Diener und sah seinen Landsmann vorwurfsvoll an. »Noch einmal, Herr – er wird sich dem Herrn doch noch beugen.«

»Antworte«, sagte Don Benito mit noch immer abgewandtem Gesicht. »Sprich nur dies eine Wort – Verzeihung –, und du bist deiner Ketten ledig.«

Daraufhin hob der Schwarze beide Arme und ließ sie müde fallen; seine Ketten klirrten. Er beugte das

Haupt, wie um zu sagen: Nein, ich bin ganz zufrieden.

»Geh«, sagte Don Benito in verhaltener Erregung. Bedächtig, wie er gekommen war, gehorchte der Schwarze.

»Entschuldigen Sie, Don Benito«, sagte Kapitän Delano, »aber diese Szene überrascht mich. Was hat sie zu bedeuten, bitte?«

»Sie bedeutet, daß mich dieser Neger als einziger der ganzen Schar gekränkt hat. Ich ließ ihn in Ketten legen. Ich ...«

Hier unterbrach er sich, die Hand am Kopfe, als ob ihn schwindelte oder eine plötzliche Gedächtnisstörung ihn befallen hätte. Dem freundlichen Blick seines Dieners begegnend, schien er sich zu sammeln und fuhr fort: »Ich konnte einen solchen Leib nicht auspeitschen lassen. Aber ich befahl ihm, mich um Verzeihung zu bitten. Bis jetzt hat er es noch nicht getan. Auf meinen Befehl muß er alle zwei Stunden vor mir stehen.«

»Und wie lange geht diese Sache schon?«

»Seit etwas mehr als sechzig Tagen.«

»Aber sonst ist er in allem gehorsam – ehrerbietig?«

»Ja.«

»Wahrlich«, rief Kapitän Delano leidenschaftlich aus, »dann lebt in dem Burschen der Geist eines Königs!«

»Darauf mag er allerdings Anspruch haben«, erwiderte Don Benito bitter, »denn er sagt, daß er in seinem Lande König gewesen sei.«

»Ja«, mischte sich der Diener in das Gespräch, »die Schlitze in Atufals Ohren trugen einst Goldstäbe. Aber der arme Babo war in seinem Lande nur ein armer Sklave: eines schwarzen Mannes Sklave war Babo, der jetzt der Sklave eines weißen Mannes ist.«

Kapitän Delano, den diese Vertraulichkeiten befremdeten, sah erst verwundert den Diener, dann fragend seinen Herrn an. Allerdings schienen ihn weder Herr noch Diener, als wären sie an solche kleinen Formfehler lange gewöhnt, zu verstehen.

»Worin, bitte, bestand Atufals Kränkung?« fragte Kapitän Delano. »Wenn es nichts Ernstes war, so lassen Sie sich von einem Dummen raten, und schenken Sie ihm wegen seiner sonstigen Fügsamkeit und aus natürlicher Achtung vor seinem Geist die Strafe.«

»Nein, nein, der Herr wird dies niemals tun«, murmelte der Diener wie zu sich selbst. »Zuerst muß der stolze Atufal seinen Herrn um Verzeihung bitten. Der Sklave trägt das Schloß, aber der Herr hat den Schlüssel dazu.«

Dadurch aufmerksam gemacht, bemerkte Kapitän Delano jetzt zum ersten Male, daß an einer dünnen Seidenschnur um Don Benitos Hals ein

Schlüssel hing. Da er aus dem Murmeln des Dieners den Zweck des Schlüssels erraten hatte, sagte er lächelnd: »Ei, Don Benito – Schloß und Schlüssel – das nenn ich mir aber bezeichnende Symbole.«

Don Benito zuckte zusammen und biß sich auf die Lippen.

Obgleich die Bemerkung Kapitän Delanos, der in seiner angeborenen Einfalt gar kein Talent für Witz und Spott besaß, nur eine spaßhafte Anspielung auf die so merkwürdig bekundete Herrschaft des Spaniers über die Schwarzen gewesen war, schien der Hypochonder sie als boshaften Hinweis auf seine bewiesene Unfähigkeit, den hartnäckigen Willen des Sklaven wenigstens durch mündliche Ermahnung zu brechen, aufgefaßt zu haben. Kapitän Delano bedauerte dieses vermeintliche Mißverständnis, zweifelte aber daran, es wieder gutmachen zu können, und änderte das Gesprächsthema. Indessen fand er seinen Gefährten verschlossener denn je, als ob er immer noch an dem mutmaßlichen Schimpf zu würgen hätte. Daraufhin wurde auch Kapitän Delano, den der heimliche Groll des krankhaft reizbaren Spaniers gegen seinen Willen bedrückte, immer wortkarger. Aber der biedere Seemann, der selbst so gänzlich anders veranlagt war, hütete sich seinerseits, diesen Unwillen zu zeigen oder ihn gar nur zu empfinden, und wenn er in Schweigen versank, war dies lediglich dem Beispiel zuzuschreiben.

Jetzt entfernte sich der Spanier, von seinem Diener gestützt, ziemlich unhöflich von seinem Gaste. Dieses Verhalten, an sich recht deutlich, hätte man als bedeutungslosen Ausdruck seiner Übellaune gelten lassen können, wenn nicht Herr und Diener, in der Ecke des hohen Deckfensters stehend, eine geflüsterte Unterhaltung begonnen hätten. Das war geradezu unartig. Mehr noch: Der mißmutige Ausdruck des Spaniers, dem das Leiden bisweilen einen adeligen Zug verliehen hatte, schien jetzt aller Würde entblößt zu sein. Andererseits hatte die unterwürfige Vertraulichkeit des Dieners den ursprünglichen Reiz ihrer unschuldigen Anhänglichkeit verloren.

In seiner Verwirrung sah der Besucher nach der anderen Seite des Schiffes hinüber. Dabei blieb sein Auge wie zufällig auf einem jungen spanischen Matrosen haften, der, eine Rolle Tauwerk in der Hand, zur Besantakelung ging. Vielleicht wäre ihm der Mann nicht einmal aufgefallen, hätte er den Blick, während er zu einer der Rahen hinaufstieg, nicht mit verstohlener Eindringlichkeit auf Kapitän Delano geheftet, von dem er ihn wie natürlich zur Gruppe der beiden Flüsterer weiterwandern ließ.

Da Kapitän Delanos Aufmerksamkeit hierdurch wieder nach dieser Seite gelenkt war, fuhr er leicht zusammen. Etwas im Benehmen Don Benitos ließ den Besucher gerade jetzt darauf schließen, daß er selbst, wenigstens zum Teil, den Gegenstand der heimlichen Unterredung bilde – was für den Gast ebensowenig angenehm wie für den Gastgeber schmeichelhaft war.

Das eigentümliche Hin- und Herschwanken des Spaniers zwischen Anstand und Ungehörigkeit war unerklärlich und ließ nur eine von zwei Vermutungen offen: Entweder war der Mann ein harmloser Irrer oder ein verschlagener Betrüger.

Aber obwohl sich die erste der beiden Annahmen einem unvoreingenommenen Beobachter leicht hätte aufdrängen können, wie es ja in gewissem Sinne zuerst auch Kapitän Delano geschehen war, mußte er sie doch jetzt, da er das Verhalten des Fremden allmählich im Licht einer beabsichtigten Kränkung zu betrachten begann, verständlicherweise aufgeben. Aber wenn nicht ein Wahnsinniger, was dann? Würde unter solchen Umständen ein Edelmann oder auch nur ein anständiger Bauer den Part spielen, den jetzt sein Gastgeber spielte? Der Mann war ein Betrüger. Irgendein Abenteurer von gemeiner Herkunft, der die Maske eines ozeanischen Granden trug, dem aber die an einen wirklichen Edelmann gestellten Anforderungen so fremd waren, daß er sie bis zu der augenblicklichen bemerkenswerten Ungezogenheit verraten konnte. Das strenge Zeremoniell überdies, das er zuweilen beachtete, schien nicht wenig bezeichnend für jemand zu sein, der eine Rolle spielte, die über seiner wirklichen Ebene lag. Benito Cereno – Don Benito Cereno –, ein wohlklingender Name. Ein Name, der, wenigstens was den Familiennamen betraf, den Superkargos und Seekapitänen, die damals längs der spanischen Küsten Handel trieben, nicht unbekannt war, da er einer der unternehmendsten und verzweigtesten Kaufmannsfamilien all dieser Provinzen gehörte, von der mehrere Mitglieder Titel trugen: eine Art kastilianischer Rothschilds mit einem vornehmen Bruder oder Vetter in jeder großen Handelsstadt Südamerikas. Der bewußte Don Benito war ein noch junger Mann, etwa neunundzwanzig oder dreißig Jahre alt. Als Herrensohn in den Seegeschäften eines solchen Hauses zu reisen – was wäre passender für einen jungen Schelm von Verstand und Talenten? Aber der Spanier war ein blasser Invalide. Wenn auch. Bekanntlich ist es gerissenen Spitzbuben schon gelungen, sogar tödliche Krankheiten vorzutäuschen. Zu denken, daß hinter dem Anschein knabenhafter Schwäche die wildesten Energien schlummern konnten – spanische Samtpfoten, in denen sich die Krallen verbargen!

Diese Phantasien waren keine Ausgeburten des Hirns; sie kamen von außen, nicht von innen. Sie erschienen mit einem Male wie Rauhreif und entschwanden ebenso schnell, sobald die milde Sonne der Gutmütigkeit Kapitän Delanos ihren Scheitelpunkt erreicht hatte.

Noch einmal zu seinem Gastgeber hinüberblikkend, der ihm jetzt über dem Deckfenster seine Seitenansicht zukehrte, war er überrascht von diesem Profil, dessen klarer Schnitt durch die Abzehrung verfeinert und in der Kinngegend vom Bart geadelt war. Zum Teufel mit allem Argwohn! Er war ein echter Abkömmling eines echten Hidalgos Cereno.

Durch diese und andere Gedankengänge von seinen Zweifeln befreit, begann der Besucher, eine Melodie vor sich hinsummend, gleichgültig auf dem Achterdeck umherzuschlendern, um Don Benito nicht merken zu lassen, daß er ihn der Unhöflichkeit, ja des Doppelspiels verdächtigt hatte. Zuletzt mußte sich ein solches Mißtrauen ja doch als nichtig erweisen. Für den Augenblick blieb freilich der Umstand, der dieses Mißtrauen hervorgerufen hatte, unerklärt. Aber sobald das kleine Geheimnis entschleiert wäre, grübelte Kapitän Delano weiter, würde er es höflich bedauern, wenn Don Benito erführe, daß er sich von einem kleinlichen Verdacht hatte hinreißen lassen. Kurz, es war am besten, seine Bemerkungen zum Unglücksbericht des Spaniers einstweilen zurückzustellen.

Mit bleichem, zuckendem Gesicht und verfinstert ging der Spanier, wieder auf seinen Wärter gestützt, auf seinen Gast zu und eröffnete, in womöglich noch größerer Nervosität als bisher und mit einem merkwürdig listigen Ton in seiner heiseren Flüsterstimme, folgendes Gespräch: »Darf ich Sie fragen, Señor, wie lange Sie schon an dieser Insel liegen?«

»Oh, ein bis zwei Tage.«

»Und in welchem Hafen haben Sie zuletzt geankert?«

»In Kanton.«

»Und dort haben Sie, wie Sie wohl sagten, Ihre Robbenfelle gegen Tee und Seide eingetauscht?«

»Ja, gegen Seide hauptsächlich.«

»Und der Überschuß wurde Ihnen in barem Gelde bezahlt, nehme ich an?«

Etwas unruhig antwortete Kapitän Delano: »Ja, in Silber – es war aber nicht sehr viel.«

»Gut, gut. Darf ich fragen, wie stark Ihre Mannschaft ist?«

Kapitän Delano erschrak leicht, antwortete jedoch: »Ungefähr fünfundzwanzig Mann, insgesamt.«

»Und sie befinden sich zur Zeit alle an Bord, Señor, nicht wahr?«

»Alle an Bord, Don Benito«, antwortete der Kapitän, jetzt voller Genugtuung.

»Und sie werden es auch heute nacht sein, Señor?« Bei dieser letzten Frage, die auf so viele andere bohrende Fragen folgte, konnte es Kapitän Delano um alles nicht vermeiden, den Frager ernsthaft anzusehen. Dieser jedoch wich seinem Blick aus und sah mit allen Anzeichen feiger Erregung zu Boden. Hiermit stach er unwürdig gegen seinen Diener ab, der soeben zu seinen Füßen niedergekniet war, um eine lose Schuhschnalle zu richten. Unterdessen wandte er den Blick teilnahmslos, jedoch mit schüchterner Neugier zu dem bekümmerten Gesicht seines Herrn empor.

Der Spanier wiederholte, noch immer mit seinem schuldbewußten Gebaren, seine Frage: »Und – sie werden es auch heute nacht sein, Señor?«

»Soviel ich weiß, ja«, antwortete Kapitän Delano, »doch nein«, raffte er sich zu furchtloser Wahrheit auf, »einige sprachen davon, daß sie um Mitternacht wieder auf Fischfang gehen wollten.«

»Ihre Schiffe sind im allgemeinen ... mehr oder weniger bewaffnet, Señor, nicht wahr?«

»O ja, wir haben einen Sechspfünder oder zwei – für den Notfall«, war die beherzt lässige Antwort. »Und dann einen kleinen Vorrat von Gewehren, Robbenspeeren und Entermessern, wie Sie wissen.«

Bei dieser Antwort sah er wieder Don Benito an, der indes den Blick abgewandt hielt. Plötzlich wechselte dieser ungeschickt das Thema, sagte etwas Mürrisches über die Windstille und zog sich, ohne sich zu entschuldigen, nochmals mit seinem Diener zur gegenüberliegenden Reling zurück, wo sie ihr Getuschel fortsetzten.

In diesem Augenblick und ehe Kapitän Delano

über das, was sich soeben zugetragen hatte, ruhig nachdenken konnte, kam wieder der erwähnte junge Spanier zum Vorschein, der jetzt aus der Takelung herunterkletterte. Indem er sich vorneigte, um auf das Deck hinabzuspringen, klaffte seine weite und zwanglose Jacke aus rauher Wolle, reichlich mit Teer befleckt, über seiner Brust auseinander und ließ seine verschmutzte Unterwäsche sehen, die aus feinstem Leinen zu bestehen schien und um den Hals mit einem schmalen blauen Bande gesäumt war, das jedoch verblaßt und verschlissen aussah. Wieder heftete sich der Blick des jungen Matrosen auf die Flüstergruppe, und Kapitän Delano glaubte darin etwas Lauerndes zu erkennen, als wären soeben stumme Zeichen nach Freimaurerart ausgetauscht worden.

Dies ließ ihn selbst wieder in die Richtung Don Benitos schauen, und wie zuvor mußte er folgern, daß er selbst den Gegenstand des Gesprächs bildete. Er stutzte. Das Geräusch des Beilputzens drang ihm ins Ohr. Er warf noch einen Seitenblick auf die beiden. Sie sahen wie Verschwörer aus. Im Zusammenhang mit den letzten Fragen und der Erscheinung des jungen Matrosen überflutete ihn unwillkürlich eine solche Welle des Mißtrauens, daß es der ungewöhnlichen Arglosigkeit des Amerikaners zuviel wurde. Eine frohe und gutgelaunte Miene aufsetzend, ging er rasch zu den beiden hinüber und sagte: »Ei, ei, Don Benito, Ihr Schwarzer scheint ja hoch in Ihrem Vertrauen zu stehen. Eine Art Geheimer Staatsrat, möchte man sagen.«

Bei diesen Worten blickte der Diener mit einem gutmütigen Grinsen auf; der Herr indes erschrak, als hätte ihn ein giftiges Tier gebissen. Es währte einige Augenblicke, bis sich der Spanier genügend gesammelt hatte, um antworten zu können. Dann sagte er kalt und gezwungen: »Ja, Señor, in Babo setze ich mein Vertrauen.«

Hierauf sah Babo, dessen vergnügtes Grinsen sich jetzt in ein verschmitztes Lächeln verwandelte, seinen Herrn dankbar an.

Als er bemerkte, daß der Spanier stumm und verschlossen dastand, als wolle er unbewußt oder auch absichtlich andeuten, daß ihm die Gegenwart Kapitän Delanos jetzt unerwünscht sei, machte dieser, dem es mißfiel, selbst der Unhöflichkeit gegenüber unhöflich zu erscheinen, irgendeine nebensächliche Bemerkung und entfernte sich, um weiter über das geheimnisvolle Benehmen Don Benito Cerenos nachzusinnen.

Er hatte das Achterdeck verlassen und ging in Gedanken verloren an einer dunklen Luke vorüber, die ins Zwischendeck hinabführte, als er dort eine Bewegung wahrnahm und nachsah, was sich bewegte. In demselben Augenblick blitzte in der dunklen Luke etwas auf, und er sah, wie einer der spanischen Matrosen, der dort hockte, eilig die Hand auf die Brust legte, als wolle er etwas verbergen. Ehe der Mann den Vorübergehenden erkannt haben konnte, schlüpfte er hinunter und verschwand. Und doch war genug von ihm zu sehen gewesen, daß man sicher sein konnte, es war derselbe junge Matrose, der sich vorhin in der Takelage gezeigt hatte.

›Was blitzte dort eigentlich so‹, fragte sich Kapitän Delano. Es war keine Lampe – kein Feuerzeug – keine glühende Kohle. Sollte es ein Edelstein gewesen sein? Aber wie kamen Matrosen zu Edelsteinen? Oder, was das betraf, zu seidengesäumten Hemden? Hatte er die Koffer der toten Kajütenpassagiere ausgeplündert? Wenn dies jedoch der Fall war, so würde er einen der dort gestohlenen Gegenstände an Bord dieses Schiffes kaum zu tragen wagen. Oh – und wenn es wirklich ein geheimes Zeichen war, das ich diesen verdächtigen Burschen vorhin mit seinem Kapitän austauschen sah – wenn ich nur sicher sein könnte, daß meine Unruhe keine Sinnestäuschung zur Folge hat, dann ...

Von einem verdächtigen Umstand auf den anderen kommend, erwog er nochmals die seltsamen Fragen, die ihm über sein Schiff gestellt worden waren. Bei jedem Punkt, den er sich ins Gedächtnis zurückrief, schlugen die Aschanti-Zauberer in merkwürdiger Übereinstimmung ihre Beile zusammen, als wollten sie die Gedanken des weißen Mannes mit düsteren Anmerkungen begleiten. Durch diese Rätsel und Vorzeichen bedrückt, wäre es fast wider die Natur gewesen, wenn nicht selbst das vertrauensvollste Gemüt von häßlichen Ahnungen beschlichen worden wäre.

Indem er an das Schiff dachte, das jetzt, hilflos in eine Strömung gerissen, mit seinen verwunschenen Segeln immer geschwinder meerwärts trieb, und indem er bemerkte, daß durch eine soeben erfolgte Verschiebung der Küstenlinie der Robbenfänger verdeckt war, erbebte der kühne Seefahrer bei Gedanken, die er kaum sich selbst einzugestehen wagte. Vor allem begann er eine geisterhafte Furcht vor Don Benito zu empfinden. Aber wenn er sich auf sich selbst besann, seinen Brustkorb dehnte, sich auf seinen zwei Beinen fest dastehen fühlte und kühl über alles nachdachte – was hatten dann alle diese Trugbilder zu bedeuten?

Wenn der Spanier eine finstere Absicht hegte, konnte sie weniger ihn selbst (Kapitän Delano) als sein Schiff (die ›Bachelor's Delight‹) betreffen. Trieb aber jetzt das eigene Schiff von dem anderen ab, so begünstigte dieser Umstand eine derartige Absicht nicht, sondern arbeitete ihr, zumindest für den Augenblick, eher entgegen. Zweifellos mußte ein Verdacht, der auf einer Verbindung solcher Widersprüche beruhte, irreführend sein. Und war es nicht sinnlos, anzunehmen, daß ein Schiff in Not – ein

Schiff, das durch Krankheit fast seiner gesamten Mannschaft beraubt war – ein Schiff, dessen Insassen Durstqualen litten: war es nicht tausendmal sinnlos, daß sich ein solches Fahrzeug der Seeräuberei widmete oder daß sein Befehlshaber für sich oder seine Untergebenen etwas anderes erstrebte als Erleichterung und Erquickung? Aber konnten nicht gerade das allgemeine Elend und besonders der Durst vorgetäuscht sein? Konnte nicht die gleiche unverminderte spanische Mannschaft, die angeblich bis auf einen kleinen Rest umgekommen war, in diesem Augenblick im Innern des Schiffes auf der Lauer liegen? Unter dem rührenden Vorgeben, ein Glas Wasser zu erbitten, hatten sich Teufel in Menschengestalt in einsame Häuser geschlichen und diese nicht eher verlassen, als bis eine schwarze Tat begangen war. Und unter malaiischen Piraten geschah es nicht selten, daß sie Schiffe in ihre trügerischen Häfen lockten oder einem feindlichen Schiff auf See vortäuschten, daß ihre Decks spärlich oder gar nicht bemannt seien – und doch warteten darunter hundert Speere in gelben Armen darauf, nach oben durch die Matten geschleudert zu werden? Das heißt nicht, daß Kapitän Delano dergleichen Dinge glaubte. Aber er hatte von ihnen gehört, und jetzt fielen ihm diese Geschichten wieder ein. Das momentane Ziel der ›San Dominick‹ war der Ankerplatz. Dort würde sie neben seinem eigenen Schiff liegen. Könnte sie, in die Nähe seines Schiffes gelangt, nicht wie ein schlafender Vulkan Kräfte auslösen, die jetzt noch verborgen waren?

Er entsann sich der Haltung des Spaniers, als ihm dieser seine Geschichte erzählt hatte. Dabei hatte er oft verdrießlich gezögert und Ausflüchte gemacht. Das war recht eigentlich die Art, wie man solche Erzählungen zu unredlichen Zwecken zu erfinden pflegt. Allein wenn die Geschichte nicht stimmte – wo lag dann die Wahrheit? War das Schiff unrechtmäßig in den Besitz des Spaniers gelangt? Aber in vielen Einzelheiten – besonders was die geschilderten Unbilden wie die Geschicke der Mannschaft, das lange Umherirren, die vorher durch die anhaltenden Windstillen und jetzt durch den Durst verursachten Leiden betraf –, in allen diesen und noch anderen Punkten war Don Benitos Erzählung sowohl durch die Wehklagen der urteilslosen Menge Weißer und Schwarzer als auch durch den Ausdruck und das Mienenspiel der menschlichen Gesichter selbst, was Kapitän Delano mit eigenen Augen gesehen hatte, erhärtet worden. Wenn Don Benitos Bericht völlig frei erfunden war, hätte jede Seele an Bord bis zur jüngsten Negerin sorgfältig auf die von ihr zu spielende Rolle gedrillt sein müssen: eine unglaubliche Folgerung. Wenn indessen Grund bestand, an seiner Aufrichtigkeit zu zweifeln, so war diese Folgerung berechtigt.

Aber jene Fragen des Spaniers. Da konnte man tatsächlich stutzig werden. Verfolgten sie in der Art, wie sie gestellt wurden, nicht das gleiche Ziel, das den Einbrecher oder Mordbuben veranlaßt, bei Tag die Mauern eines Hauses zu erkunden? Aber in übler Absicht derartige Auskünfte offen von der am meisten bedrohten Person einholen und diese dadurch veranlassen, um so mehr auf ihrer Hut zu sein – hieß das nicht ganz und gar unwahrscheinlich gehandelt? Daher war es unsinnig zu glauben, daß die Fragen in böser Absicht gestellt worden waren. So diente der gleiche Vorfall, der das Unbehagen zuerst ausgelöst hatte, nun dazu, es zu zerstreuen. Kurz, es gab kaum einen Verdacht oder einen Anlaß zur Unruhe, der nicht jetzt, wie begründet er ihm auch früher erschienen sein mochte, aus ebenso klaren Vernunftgründen aufgegeben werden mußte.

Schließlich mußte Kapitän Delano über seine eigenen früheren Ahnungen lachen. Er mußte lachen über das seltsame Schiff, dessen Anblick diese Ahnungen immerhin genährt hatte – mußte lachen über die wunderlichen Schwarzen, besonders über die alten Scherenschleifer (die Aschanti), über die Spinnstubenweiber (die Wergzupfer) und fast über den finsteren Spanier, den obersten dieser Kobolde, selber.

Was die übrigen ernstlich rätselhaften Umstände betraf, ließen sie sich wohlwollend dadurch wegdisputieren, daß der arme Kranke gar nicht wußte, was er tat, wenn er verdrießlich seinen schwarzen Stimmungen nachhing oder müßige Fragen ohne Zweck und Vernunft stellte. Offensichtlich war er für den Augenblick ungeeignet, das Schiff zu befehligen. Unter irgendeinem freundlichen Vorwand würde ihm Kapitän Delano den Oberbefehl abnehmen und das Schiff unter der Leitung seines Zweiten Maats, eines würdigen Mannes und guten Schiffers, nach Concepción schicken. Dieser Plan käme sowohl der ›San Dominick‹ als auch Don Benito zustatten; denn dann könnte der Kranke, all seiner Sorgen ledig, in der guten Pflege seines Dieners in der Kajüte bleiben und wäre am Ende der Reise voraussichtlich soweit genesen, daß er wieder in seinen Posten eingesetzt werden könnte.

Dies waren die Gedanken des Amerikaners. Sie wirkten beruhigend. Es lag schon ein Unterschied darin, wie geheimnistuerisch Don Benito über das Schicksal Kapitän Delanos und wie offenherzig dieser über das Don Benitos verfügte. Nichtsdestoweniger fühlte sich der wackere Seemann wesentlich erleichtert, als er jetzt in einiger Entfernung sein Boot bemerkte. Sein Ausbleiben war durch eine unerwartete Verzögerung auf dem Robbenfänger sowie durch das beständige Zurückweichen des Ziels während seiner Rückfahrt verursacht worden.

Der heranrückende Punkt wurde von den

Schwarzen entdeckt. Ihre Schreie machten Don Benito aufmerksam, der mit seiner alten Höflichkeit auf Kapitän Delano zutrat und ihm seine Befriedigung über die ankommenden Vorräte ausdrückte, eine wie geringe und flüchtige Hilfe diese ihnen auch zu bieten vermochten.

Kapitän Delano antwortete; aber in diesem Augenblick wurde seine Aufmerksamkeit auf einen Vorfall gelenkt, der sich unten auf Deck abspielte. Unter der auf die Schanzkleider der Landseite kletternden Menge, die in banger Erwartung nach dem kommenden Boot ausspähte, stießen zwei Schwarze einen spanischen Matrosen, der sie anscheinend gestört hatte, heftig zur Seite und schleuderten ihn, als er aufbegehrte, ungeachtet der ernsten Ermahnungen der Wergzupfer zu Boden.

»Don Benito«, sagte Kapitän Delano rasch, »was geht denn da vor sich? Sehen Sie!«

Der Spanier erlitt jedoch wieder einen seiner Hustenanfälle; beide Hände vorm Gesicht, taumelte er, als ob er umsinken wolle. Kapitän Delano wollte ihn stützen; aber der Diener war flinker. Mit einer Hand hielt er seinen Herrn, während er ihm mit der anderen das Herzmittel reichte. Don Benito erholte sich, der Schwarze ließ von ihm ab und schlich etwas zur Seite, blieb aber pflichteifrig in nächster Nähe stehen. Soviel Rücksichtnahme tilgte in den Augen des Gastes jeden Vorwurf der Ungehörigkeit, den er dem Diener nach den vorgenannten unstatthaften Konferenzen machen zu müssen geglaubt hatte; bewies sie doch, daß, wenn der Diener Tadel verdiente, mehr sein Herr daran schuld sein mochte, da er sich, wenn er sich selbst überlassen war, so schicklich zu benehmen wußte.

Den Blick von dem garstigen Schauspiel der Zuchtlosigkeit ab- und dem gefälligeren vor ihm zuwendend, konnte Kapitän Delano nicht umhin, seinen Wirt nochmals zum Besitz eines solchen Dieners zu beglückwünschen, der, obschon vielleicht dann und wann etwas zu eifrig, im ganzen für eine Person in der Lage des Kranken unschätzbar sein mußte.

»Sagen Sie, Don Benito«, begann er lächelnd, »ich hätte Ihren Mann hier gern für mich selbst – welchen Preis wollen Sie für ihn haben? Wären etwa fünfzig Dublonen angemessen?«

»Der Herr würde sich nicht um tausend Dublonen von Babo trennen«, murmelte der Schwarze, der das Angebot gehört und es ernstgenommen hatte. Mit der wunderlichen Eitelkeit des treuen Sklaven, den sein Herr schätzt, mußte er eine so schäbige Bewertung seiner Person durch einen Fremden verachten. Don Benito aber, der sich anscheinend noch nicht ganz erholt hatte und wieder von seinem Husten unterbrochen wurde, gab nur irgendeine undeutliche Antwort.

Bald verschlimmerte sich sein Übel so sehr und griff überdies seinen Geist so offensichtlich an, daß der Diener, wie um das traurige Schauspiel zu verbergen, seinen Herrn behutsam in die Kajüte führte.

Sich selbst überlassen, hätte sich der Amerikaner, um sich die Zeit bis zur Ankunft seines Bootes zu vertreiben, einem der wenigen sichtbaren spanischen Matrosen zugewandt; aber da ihm einfiel, daß Don Benito beiläufig ihr schlimmes Betragen erwähnt hatte, stand er als Schiffsherr, dem es gegen den Strich ging, Feigheit oder Untreue bei Seeleuten zu unterstützen, davon ab.

Während er, solches bedenkend, den Blick auf jenes Häuflein Matrosen gerichtet hielt, schien es ihm plötzlich, als habe einer oder zwei von ihnen seinen Blick irgendwie bedeutungsvoll erwidert. Er rieb sich die Augen und sah noch einmal hin; aber wieder glaubte er das gleiche zu beobachten. Unter neuer Gestalt, wenn auch unbestimmter als je vorher, wandelte ihn der alte Verdacht wieder an, der ihn freilich jetzt, da Don Benito abwesend war, weniger beängstigte. Trotz des schlechten Zeugnisses über die Matrosen beschloß Kapitän Delano erneut, einen von ihnen anzusprechen. Er stieg vom Achterdeck herab und nahm seinen Weg durch die Schwarzen. Dies nötigte den Wergzupfern einen fremdartigen Ausruf ab, der die Neger veranlaßte, einander zur Seite zu ziehen, um ihm Platz zu machen. Aber als wollten sie in ihrer Neugier sehen, zu welchem Zweck er freiwillig ihr Getto besuchte, schlossen sie sich in gewisser Ordnung hinter ihm zusammen und folgten dem weißen Manne. So setzte Kapitän Delano, wie von berittenen Herolden angekündigt und eine Kaffern-Ehrengarde hinter sich, seinen Weg zwanglos und gutgelaunt fort, indem er den Negern mitunter ein freundliches Wort sagte und sein Blick neugierig auf den Gesichtern der Weißen ruhte, die, hie und da unter die Schwarzen versprengt, wie verstreute weiße Bauern im Schachspiel wirkten, die sich in die Reihen der feindlichen Figuren vorgewagt hatten.

Während er sich zurechtlegte, welchen von ihnen er für seinen Zweck auswählen sollte, entdeckte er zufällig einen Matrosen, der im Sitzen damit beschäftigt war, das Tau eines großen Blocks zu teeren, indes ein Kreis von Schwarzen, sein Vorhaben neugierig beäugend, um ihn herumhockte.

Die untergeordnete Beschäftigung des Mannes widersprach einer gewissen Würde seines Wesens. Seine Hand, vom beständigen Eintauchen in den Teertopf, den ein Neger hielt, geschwärzt, paßte irgendwie nicht zu seinem Gesicht, das, von seiner Verstörtheit abgesehen, sehr schön zu nennen gewesen wäre. Ob diese Verstörtheit etwas mit Schuldgefühlen zu tun hatte, ließ sich nicht ausmachen; denn wie übermäßige Hitze und Kälte, bei aller Verschiedenheit, die gleichen Empfindungen hervorrufen, so tragen Reinheit und Schuld, falls sie mit seelischem Schmerz verbunden sind, sichtbar gemacht, das gleiche Siegel.

Diese Überlegungen stellte Kapitän Delano, so mildherzig er auch war, diesmal nicht wieder an. Dafür kam ihm ein anderer Gedanke. Wenn er diese merkwürdige Verstörtheit in dem wie in Verwirrung und Scham abgewandten dunklen Auge sah und dann wieder an Don Benitos schlechte Meinung von seiner Mannschaft dachte, drängten sich ihm unwillkürlich gewisse allgemeine Vorstellungen auf, nach denen Schmerz und Scham, unvereinbar mit der Tugend, unfehlbar auf Laster schließen lassen.

Wenn es tatsächlich, grübelte Kapitän Delano, Niedertracht an Bord gab, so hat zweifellos dieser Mann seine Hand damit besudelt, wie er sie jetzt mit Teer besudelt. Ich mag ihn nicht anreden. Lieber will ich mit diesem anderen hier, diesem alten Seebären am Ankerspill, sprechen.

Er näherte sich einer alten Teerjacke aus Barcelona, die zerlumpte rote Kniehosen und eine schmierige Nachtmütze trug. Die Wangen des Mannes waren braungebrannt, zerfurcht und mit einem Backenbart, so dicht wie Dorngestrüpp, bedeckt. Zwischen zwei schläfrig aussehenden Negern sitzend, war der Seemann wie sein jüngerer Bordgenosse mit der Takelung, nämlich dem Tauspleißen, beschäftigt. Die verschlafenen Schwarzen versahen das untergeordnete Amt, ihm die beiden Tauenden zu halten.

Beim Näherkommen Kapitän Delanos senkte der Mann seinen Kopf noch tiefer als zuvor – tiefer, als es für sein Geschäft nötig war. Er schien vorschützen zu wollen, daß er mit mehr als gewöhnlicher Hingabe in seine Arbeit vertieft sei. Bei der Anrede blickte er auf, aber mit einer von seinem wettergebräunten Gesicht so seltsam abstechenden, scheuen und ängstlichen Miene, als sähe ein Grizzlybär, anstatt zu brummen und zu beißen, mit der Einfalt eines Schafes drein. Ihm wurden mehrere Fragen gestellt, die die Reise betrafen – Fragen, die sich bewußt auf verschiedene Einzelheiten in Don Benitos Erzählung bezogen, ohne von vornherein durch das impulsive Geschrei, das den Besucher bei seiner Ankunft an Bord begrüßt hatte, erhärtet worden zu sein. Die Fragen, die knapp beantwortet wurden, bestätigten alles, was noch von der Erzählung zu bestätigen war. Die Neger am Spill stimmten in die Worte des alten Matrosen ein. Als sie jedoch zu geschwätzig wurden, verstummte er immer mehr und wurde schließlich so unwirsch, daß er weitere Fragen nur noch widerwillig zu beantworten schien; doch trug während der ganzen Szene sein Bärengesicht den schafsmäßigen Ausdruck zur Schau.

Kapitän Delano, der daran verzweifelte, mit solchem Zentauren in ein ungestörtes Gespräch zu kommen, spähte umher, um ein Gesicht, das mehr versprach, zu entdecken. Da er indes keines fand, redete er den Schwarzen freundlich zu, ihm den Weg freizugeben. Und so ging er, von ihrem vielfältigen Grinsen und Fratzenschneiden begleitet, zum Achterdeck zurück, zunächst – er wußte selbst kaum, warum – mit etwas eigenartigen Gefühlen, doch im Grunde mit wiedergewonnenem Vertrauen zu Benito Cereno.

›Wie deutlich‹, sinnierte er, ›hat doch der alte Backenbart sein Schuldbewußtsein verraten! Zweifellos fürchtete er, als er mich kommen sah, daß ich, von seinem Kapitän über das schlechte Betragen der Schiffsmannschaft belehrt, scharfe Worte für ihn fände – also runter mit dem Kopfe. Und doch – und doch, wenn ich jetzt daran denke, gehörte dieser Geselle wohl ausgerechnet zu jenen, die mir ein Weilchen vorher so bedeutsam zuzublinzeln schienen. Ach, diese Dinge wirbeln mir um den Kopf wie Strömungen um das Schiff. Aber dort zeigt sich ein angenehmes, heiteres Bild – und ein tief menschliches obendrein.‹

Sein Blick war auf eine schlummernde Negerin gefallen, die, teilweise durch das Gitterwerk der Takelage sichtbar, mit achtlos hingestreckten jungen Gliedern im Lee der Schanzkleider lag wie eine

Ricke im Schatten eines Waldfelsens. An ihren flachen Brüsten zappelte ihr munteres Kitz, splitternackt, den kleinen schwarzen Körper, senkrecht zu dem der Mutter, halb vom Deck erhoben. Seine Hände tasteten sich wie Pfoten an ihr hinauf; sein Mund und seine Nase schnüffelten hilflos, um das Ziel zu erreichen. Dazwischen stieß es ein leises, gequältes Grunzen aus, das sich mit dem sonoren Schnarchen der Negerin vermengte.

Die ungewohnte Kraftleistung des Kindes weckte endlich die Mutter. Sie fuhr auf und sah in einiger Entfernung Kapitän Delano stehen. Aber als ob die Lage, in der sie angetroffen worden war, sie nicht im geringsten bekümmere, zog sie das Kind mit mütterlicher Seligkeit zu sich herauf und bedeckte es mit Küssen.

›Dies ist reine Natur, die schlichte Zärtlichkeit und Liebe‹, sagte sich Kapitän Delano mit Wohlgefallen. Die Szene veranlaßte ihn, den anderen Negerinnen mehr Aufmerksamkeit als bisher zuzuwenden. Er war von ihrem Gebaren angenehm berührt. Wie die meisten unzivilisierten Frauen schienen sie zähe Körper und zarte Herzen zu besitzen und bereit zu sein, für ihre Kinder zu kämpfen oder zu sterben. Unverfälscht wie Leopardinnen – liebevoll wie Tauben. ›Ach‹, dachte Kapitän Delano, ›vielleicht sind es ein paar von den Frauen, die Ledyard in Afrika sah und von denen er so vortrefflich berichtete.‹

Diese natürlichen Bilder vermehrten unwillkürlich sein Vertrauen und Wohlbehagen. Schließlich blickte er noch einmal hinaus, um sich zu vergewissern, wie sein Boot vorankam; es war aber noch ziemlich weit entfernt. Er wandte sich ab, um zu sehen, ob Don Benito zurückgekehrt sei; dies war jedoch nicht der Fall.

Um den Platz zu wechseln und gleichzeitig in behaglicher Muße das herankommende Boot zu beobachten, schritt er zu den Besanketten hinüber und stieg zur Heckgalerie der Steuerbordseite empor – einem jener bereits erwähnten leeren Wasserbalkone venezianischen Stils, die Unterabteilungen des Decks bildeten. Als sein Fuß den Teppich des teils feuchten, teils trockenen Seemooses betrat, streichelte ein geisterhaftes Lüftchen – die im Nu vorüberhuschende Ahnung einer Brise – wie von ungefähr seine Wange. Sein Blick fiel auf die Reihe der kleinen, runden Lukendeckel, die alle geschlossen waren wie die Augen Verstorbener, und auf die ihnen gegenüberliegende Tür der Staatskabine, die einst die Verbindung zur Galerie hergestellt hatte, jetzt aber zugenagelt war wie ein Sarg, mit schwarzgeteerten Füllungen, Pfosten und Schwelle. Er mußte an die Zeit denken, da hier die Stimmen königlich spanischer Offiziere gehallt und vielleicht ebenda, wo er jetzt stand, die Töchter des Vizekönigs von Lima gelehnt hatten. Diese und andere

Bilder flogen durch sein Hirn wie das Lüftchen durch die Windstille, und allmählich fühlte er eine traumhafte Unruhe in sich aufsteigen, wie sie jemand empfinden mag, der in der Mittagsstille allein auf weiter Prärie weilt.

Er stützte sich auf das geschnitzte Geländer und schaute wiederum nach seinem Boot aus – aber wie von ungefähr fiel sein Blick auf das Seegras, das sich längs der Wasserlinie wie eine grüne Buchsbaumeinfassung hinzog. Nah und fern fluteten Beete von Schwimmgewächsen, zu breiten Ovalen und Halbmonden geordnet und mit Zwischenräumen, die lange Alleen zu bilden schienen und sich wie zu Terrassen hinauf- und zu Grotten hinabschwangen. Über alledem hing das Geländer, an das er sich lehnte; teils mit Teer beschmiert, teils mit Moosen gepolstert, glich es der verkohlten Ruine eines Sommerhauses in einem großen, verwilderten Garten.

Bei dem Versuch, sich von diesem Zauber zu befreien, wurde er bereits von einem anderen gebannt. Obwohl ihn in Wirklichkeit das weite Meer umgab, schien er fern irgendwo im Binnenlande zu weilen – als Gefangener in einem verödeten Schloß, auf kahle Felder und leere Straßen starrend, auf denen nie ein Wagen oder ein Wanderer entlangzog.

Indessen ließ diese Verzauberung etwas nach, als sein Blick auf die verrotteten Hauptankerketten fiel. In alter Machart, die massiven Glieder, Schäkel und

Bolzen verrostet, schienen sie besser für den jetzigen als für den beim Bau vorgesehenen Zweck des Schiffes zu passen.

Plötzlich kam es ihm so vor, als habe sich bei den Ketten etwas geregt. Er rieb die Augen und blickte aufmerksam hin. Ganze Wälder von Takelwerk umgaben die Ketten. Und dort erschien, hinter einem großen Stag hervorlugend wie ein Indianer hinter einer Schierlingstanne, ein spanischer Matrose, einen Marlpfriem in der Hand, der unbestimmte Gebärden nach dem Balkon hin zu machen schien, aber gleich darauf, als hätte ihn ein nahender Schritt drinnen auf Deck gestört, wie ein Wilddieb in den Tiefen seines hänfenen Waldes verschwand.

Was hatte das zu bedeuten? Der Mann hatte versucht, etwas zu übermitteln, was allen, selbst seinem Kapitän, unbekannt war. Enthielt das Geheimnis etwas für seinen Kapitän Nachteiliges? Sollten sich die früheren Befürchtungen Kapitän Delanos bestätigen? Oder hatte er, noch in seinem Wahn befangen, eine zufällige und unwillkürliche Bewegung des Mannes, indes er mit dem Stag, den er ausbessern zu wollen schien, beschäftigt war, irrtümlich für einen bedeutungsvollen Wink gehalten?

In einiger Verwirrung spähte er wieder nach seinem Boot, das aber jetzt von einem felsigen Vorsprung der Insel verborgen war. Als er sich eifrig vorbeugte, um das Hervorschnellen der Bootsspitze zu beobachten, gab das Geländer vor ihm wie Zunder nach. Wenn er sich nicht an ein herabhängendes Tau geklammert hätte, wäre er ins Meer gestürzt. Das schwache Geräusch und der dumpfe Fall der morschen Bruchstücke mußten immerhin gehört worden sein. Er sah nach oben. Mit träger Neugier blickte einer der alten Wergzupfer, der von seiner Stange auf eine äußere Spiere gerutscht war, zu ihm hinunter. Aber unter dem alten Neger und, diesem nicht sichtbar, aus einer Pfortenöffnung äugend wie ein Fuchs aus dem Eingang seines Baues, hockte wieder der spanische Matrose. Durch ein Etwas im Gehaben des Mannes bedingt, schoß jäh der wahnsinnige Gedanke durch Kapitän Delanos Hirn, daß Don Benitos Unwohlsein, das ihn nach unten getrieben hatte, nur vorgetäuscht war, weil er dort seine finsteren Pläne schmieden wollte. Der Matrose hatte irgendwie davon Wind bekommen und nun den Fremden warnen wollen – vielleicht aus Dankbarkeit für ein freundliches Wort, das Kapitän Delano bei seiner Ankunft an Bord an ihn gerichtet haben mochte. Hatte Don Benito derartige Störungen vorausgesehen und deswegen von vornherein so Schlechtes von seinen Leuten gesagt und auf ihre Kosten die Neger gepriesen? In Wirklichkeit schienen aber nur die Weißen gefügig und die Schwarzen alles andere zu sein. Übrigens waren die Weißen die von Natur scharfsinnigere Rasse. Würde ein

Mensch, der sich mit einer schändlichen Absicht trägt, nicht eher die Einfalt loben, die gegen seine Laster blind ist, und den Scharfsinn tadeln, dem sie nicht verborgen bleiben können? Immerhin möglich. Wenn aber die Weißen schwarze Geheimnisse hegten, die Don Benito angingen – könnte sich dieser dann nicht irgendwie mit den Schwarzen verbündet haben? Allerdings waren sie zu einfältig. Und wer hatte schließlich je von einem weißen Manne gehört, der, ein Abtrünniger, seine Rasse so vollkommen verraten konnte, daß er mit Negern gemeinsame Sache gegen sie machte? Diese Schwierigkeiten ließen ihn an andere von früher denken. In diesem Irrgarten verloren, schritt Kapitän Delano, der sich wieder aufs Deck begeben hatte, unbehaglich dahin, als ihm ein neues Gesicht auffiel. Unweit der Hauptluke saß ein ältlicher Matrose im Schneidersitz. Seine Haut war faltig verschrumpft wie der Kehlsack eines Pelikans; sein Haar war ergraut, seine Miene ernst und würdig. Er hielt Taue in den Händen und schlang sie zu einem dicken Knoten zusammen. Ein paar Schwarze standen um ihn her und senkten ihm dienstwillig die Duchten, wie es sein Gewerbe von Zeit zu Zeit verlangte.

Kapitän Delano ging zu ihm hin und blieb, schweigend den Knoten betrachtend, vor ihm stehen, während seine Gedanken beziehungsvoll von dem Wirrwarr in seinem Innern zu dem des Hanfes hinüberwechselten. Einen dermaßen verwickelten Knoten hatte er zeitlebens weder auf einem amerikanischen noch einem sonstigen Schiff gesehen. Der alte Mann erinnerte an einen ägyptischen Priester, der gordische Knoten für den Ammonstempel herstellt. Der Knoten schien eine Verbindung von Pfahlstek, Timmerstek, Doppelverschlingung, Weberknoten und Kreuzknoten zu sein.

Schließlich redete Kapitän Delano, der den Sinn eines solchen Knotens nicht erraten konnte, den Knotendreher folgendermaßen an.

»Was dreht ihr denn da bloß zusammen, mein Lieber?«

»Den Knoten«, war die kurze Antwort, die der Matrose erteilte, ohne aufzuschauen.

»Das dacht ich mir – aber welchem Zweck soll er dienen?«

»Dem Zweck, daß ein anderer ihn auflöst«, murmelte der Alte und ließ seine Finger eifriger spielen als vorher; denn er hatte den Knoten jetzt beinahe vollendet.

Indes ihn Kapitän Delano noch so betrachtete, warf ihm der alte Mann plötzlich den Knoten zu und sagte in gebrochenem Englisch – es war das erste Englisch, das er an Bord zu hören bekam – etwas wie: »Auflösen – zerschneiden – rasch.« Er sagte es leise, aber so gedrängt und hastig, daß sich die langen, gedehnten spanischen Worte, die vorausgingen und folgten, wie Buchdeckel um den kurzen englischen Text zu schließen schienen.

Einen Augenblick stand Kapitän Delano, einen Knoten in der Hand, einen anderen im Kopfe, schweigend da. Unterdessen hatte sich der Alte, ohne sich weiter um ihn zu kümmern, in andere Taue versenkt. Jetzt entstand eine leichte Bewegung hinter Kapitän Delanos Rücken. Als er sich umdrehte, sah er Atufal, den in Ketten geschlossenen Neger, regungslos dastehen. Im nächsten Augenblick erhob sich der alte Seemann, murmelte etwas vor sich hin und zog sich, von seinen schwarzen Gehilfen gefolgt, zum Vorderteil des Schiffes zurück, wo er im Gedränge verschwand.

Ein ältlicher Neger, mit einem Fetzen, der einem Kind gepaßt hätte, bekleidet, mit grau gesprenkeltem Schädel und der Miene eines Rechtsanwaltes, kam jetzt auf Kapitän Delano zu. In leidlichem Spanisch und mit gutmütigem, verständnisinnigem Blinzeln belehrte er ihn, daß der alte Knotendreher ein allerdings harmloser Irrer sei, der oft seine närrischen Possen treibe. Der Neger schloß, indem er um den Knoten bat, da der Fremde mit solchem Unfug selbstverständlich nicht belästigt werden solle. Gedankenlos händigte Kapitän Delano ihm den Knoten aus. Einen Abschiedsgruß andeutend, nahm ihn der Neger und schnüffelte, seinen Rücken wendend, daran wie ein Zollbeamter, der geschmuggelten

Spitzen nachspürt. Dann warf er den Knoten mit einem afrikanischen Laut, der soviel wie »Pah« besagte, über Bord.

Das ist alles höchst sonderbar, grübelte Kapitän Delano in einer Aufregung, die ihm Übelkeit verursachte, aber wie jemand, der die ersten Anzeichen von Seekrankheit merkt, war er bestrebt, sich von dem Übel zu befreien, ohne sich um die Symptome zu kümmern. Noch einmal schaute er nach seinem Boot aus. Zu seiner Freude hatte es jetzt den Felsvorsprung hinter sich gelassen und befand sich in voller Sicht.

Dieser Anblick, der zuerst sein Mißbehagen nur vermindert hatte, zerstreute das Gefühl nun mit unerwarteter Macht. Das herannahende, wohlbekannte Boot zeigte sich jetzt nicht, wie zuvor, halb vom Dunst verschleiert, sondern mit klarer Umrißlinie, so daß seine Persönlichkeit wie die eines Menschen deutlich hervortrat. Wie oft hatte sich die ›Rover‹ – so hieß das Boot, das jetzt in fremden Meeren herumschwamm – an den Strand seiner Heimat geschmiegt oder, zu Ausbesserungszwekken vor seine Schwelle gebracht, vertraut wie ein Neufundländer dort gelegen. Der Anblick dieses zu seinem Hause gehörenden Bootes weckte tausend angenehme Gedanken, die ihn jetzt, im Gegensatz zu seinen vorigen Zweifeln, nicht nur mit lichtem Vertrauen erfüllten, sondern ihm auch, wegen seines früheren Mangels daran, scherzhafte Selbstvorwürfe abnötigten.

›Wie denn – ich, Amasa Delano, der Strand-Hannes, wie sie mich als Knaben nannten; ich, Amasa, der, den Segeltuchranzen in der Hand, längs der Küste zum Schulhaus trabte, das aus einem alten Schiffsrumpf bestand; ich, der kleine Strand-Hannes, der mit Vetter Nat und den anderen in die Beeren ging – ich sollte hier am Ende der Welt, an Bord eines gespenstischen Piratenschiffs, von einem schrecklichen Spanier umgelegt werden? Zu dumm, auch nur daran zu denken! Wem sollte es einfallen, Kapitän Delano zu ermorden? Sein Gewissen ist rein. Der Himmel wölbt sich über ihm. Pfui, schäm dich, Strand-Hannes! Du bist wahrhaftig noch ein Kind – zum zweiten Male ein Kind, alter Knabe, und fängst, scheint's, schon an zu spinnen und mit dem Kopf zu wackeln!‹

Unbeschwerten Herzens und Fußes ging er nach achtern und fand dort Don Benitos Diener, der ihm in höflicher Form, die seinen eigenen augenblicklichen Gefühlen entsprach, meldete, daß sich sein Herr von den Folgen des Hustenanfalls erholt und ihn beauftragt habe, seinen lieben Gast Don Amasa zu grüßen und ihm zu bestellen, daß er (Don Benito) bald wieder das Glück haben würde, mit ihm zusammenzutreffen.

›Siehst du wohl?‹ sann Kapitän Delano, auf dem

Achterdeck auf und ab gehend, weiter. ›Was bin ich nur für ein Esel gewesen! Dieser freundliche Herr, der mir seine liebenswürdigen Grüße sendet, sollte vor ganzen zehn Minuten, eine Blendlaterne in der Hand, im Schiffsraum an einem Schleifstein gestanden haben, um ein Messer für mich zu wetzen? So habe ich mir's gedacht. O ja, diese langen Flauten beeinflussen das Gemüt unheilvoll, habe ich mir oft sagen lassen, obgleich ich eigentlich nie daran glauben mochte. Dann, nach dem Boot blickend: Nun, das ist die ›Rover‹, mein guter Hund – und trägt einen weißen Knochen im Maule. Einen niedlichen weißen Knochen allerdings, scheint mir. – Wieso? Ei, sie ist an eine gischtende Stromkabbelung geraten. Für diesmal bleibt ihr nichts übrig, als herumzufahren. Na, Geduld.‹

Es war jetzt etwa Mittag, obwohl das überall herrschende Grau den Einbruch der Dämmerung anzuzeigen schien. Die Windstille dauerte an. In weiter Ferne, der Beeinflussung durch die Küste entzogen, schien der in Blei gefaßte Ozean erstarrt, entseelt, ausgelöscht zu sein. Indessen war die Strömung vom Lande, in der das Schiff lag, im Steigen begriffen, so daß es still immer weiter nach den regungslosen Wassern im Hintergrund abgetrieben wurde.

Aber nach allem, was Kapitän Delano von diesen Himmelsstrichen wußte, erhoffte er sich in Kürze, obwohl es einstweilen nicht danach aussah, eine hübsche, steife Brise und rechnete vergnügt damit, die ›San Dominick‹ ungeachtet der gegenwärtigen Aussichten noch vor Nacht sicher vor Anker legen zu können. Die Entfernung bis zum Hafen hatte überhaupt nichts zu bedeuten; denn bei gutem Winde konnte man in zehn Minuten ebensoweit segeln, wie man in sechzig Minuten abgetrieben wurde. Abwechselnd damit beschäftigt, den Kampf der ›Rover‹ gegen die Strömung zu beobachten und nach dem Erscheinen Don Benitos auszublicken, setzte er seine Wanderung über das Achterdeck fort.

Allmählich wurde er sich einer quälenden Unruhe, durch das Ausbleiben des Bootes hervorgerufen, bewußt. Diese Unruhe vertiefte sich bald zu einem Unbehagen. Und als er unablässig, wie von einer Proszeniumsloge ins Parterre, auf die merkwürdige Menge vor und unter sich hinabsah und das jetzt zur Gleichgültigkeit erstarrte Gesicht des spanischen Mastrosen, der ihm von den Hauptankerketten zugewinkt hatte, wiedererkannte, kehrte etwas von seinen früheren Befürchtungen zurück.

›Ach‹, dachte er in bitterem Ernst, ›das geht wie beim Wechselfieber: ist es auch vorbei, so läßt sich daraus noch nicht folgern, ob es nicht wiederkommen wird.‹

Obwohl er sich seines Rückfalls schämte, konnte er seine Gefühle doch nicht ganz unterdrücken; daher ließ er sich, seinem guten Willen das äußerste zumutend, auf einen Vergleich ein.

›Zugegeben, es ist ein seltsames Fahrzeug; es hat auch eine seltsame Geschichte, und seltsame Leute befinden sich an Bord. Doch – weiter nichts.‹

Um alle düsteren Gedanken bis zur Ankunft des Bootes zurückzustellen, suchte er sich damit zu beschäftigen, daß er aus purer Freude am Spintisieren über einige kleinere Eigenarten des Kapitäns und seiner Mannschaft nachdachte. Unter anderem fielen ihm vier merkwürdige Punkte ein:

Erstens, der Fall des spanischen Schiffsjungen, der von dem Negerknaben mit einem Messer angegriffen worden war – eine Handlung, über die Don Benito einfach hinweggesehen hatte. Zweitens, die Tyrannei, mit der Don Benito den Neger Atufal behandelte – als wenn ein Kind einen Nilbüffel am Nasenring führte. Drittens, der von zwei Negern niedergestoßene Matrose – eine Unverschämtheit, die ohne den geringsten Tadel geblieben war. Viertens, die kriechende Unterwürfigkeit der schwarzen Untergebenen vor ihrem Herrn – als fürchteten sie, durch die geringste Unachtsamkeit sein despotisches Mißfallen auf sich herabzuziehen.

Stellte er diese vier Fälle zusammen, so schienen sie einander in manchem zu widersprechen. ›Aber was dann‹, grübelte Kapitän Delano, den Blick auf sein nahendes Boot gerichtet. ›Was dann? Nun, Don

Benito ist ein sehr launischer Vorgesetzter. Freilich ist er nicht der erste seinesgleichen, der mir vorgekommen ist, wenn er auch alle anderen übertrifft. Als Nation freilich‹ – fuhr er in seinen Gedanken fort – ›sind die Spanier ohnehin eine wunderliche Gesellschaft; schon das Wort ›Spanier‹ besitzt einen merkwürdigen, verschwörerischen Klang, und doch darf ich sagen, daß sie im ganzen genauso gute Leute sind wie irgend jemand aus Duxbury (Massachusetts). Wie schön! Endlich ist die ‚Rover' da.‹

Als das Boot mit seiner willkommenen Ladung längsseit anlegte, bemühten sich die Wergzupfer mit gebietenden Gesten, die Schwarzen zurückzuhalten, die beim Anblick der drei mitten im Boot festgemachten Wasserfässer und einer Anzahl im Bug aufgehäufter welker Kürbisse in hemmungslosem Entzücken über den Schanzkleidern hingen.

Jetzt erschien Don Benito mit seinem Diener. Vielleicht war seine Ankunft durch den Lärm der Schwarzen beschleunigt worden, Kapitän Delano bat ihn um Erlaubnis, das Wasser austeilen zu dürfen, damit jeder die gleiche Menge erhielte und niemand durch unbillige Ausschweifung Schaden davontrüge. Wie vernünftig und gutgemeint dieses Anerbieten auch war, so wurde es mit sichtlicher Ungeduld aufgenommen. Es schien, daß sich Don Benito, im Bewußtsein seiner mangelnden Tatkraft als Vorgesetzter und mit der wahren Eifersucht des

Schwächlings, über jedes Dazwischentreten wie über eine persönliche Beleidigung ärgere. Jedenfalls war dies die Folgerung Kapitän Delanos.

Im nächsten Augenblick wurden die Fässer heraufgewunden, als ein paar übereifrige Neger Kapitän Delano, der unweit des Fallreeps stand, anstießen, worauf dieser, ohne an Don Benito zu denken, einer momentanen Regung nachgab und den Schwarzen mit freundlicher Autorität befahl zurückzutreten, seinen Worten mit einer halb scherzhaften, halb drohenden Gebärde Nachdruck verleihend. Augenblicklich stutzten die Schwarzen und blieben – Männer wie Weiber – mehrere Sekunden wie erstarrt in den von ihnen eingenommenen Stellungen stehen. In der Reihe der Wergzupfer wurde ein unbekannter Laut von Mund zu Mund weitergegeben wie eine Drahtnachricht von Telegrafenmast zu Telegrafenmast. Während die Aufmerksamkeit des Besuchers auf dieses Schauspiel gelenkt war, richteten sich plötzlich die Beilputzer mit halbem Leibe auf, und Don Benito stieß einen kurzen Schrei aus.

Kapitän Delano wollte schon, in dem Glauben, daß er auf das Signal des Spaniers niedergemacht werden sollte, in sein Boot springen, hielt aber inne, weil die Wergzupfer mit ernsten Ermahnungen zur Menge herunterkamen, alle Weißen und Schwarzen zurückdrängten und zugleich ihn selbst mit vertraulichen und fast komischen Gebärden aufzufordern schienen, doch kein Narr zu sein. Sofort nahmen die Beilputzer ihre Plätze ruhig wie Schneider wieder ein, und die Arbeit des Heraufwindens der Fässer wurde, als ob nichts geschehen wäre, wieder aufgenommen, vom Gesang schwarzer und weißer Männer begleitet.

Kapitän Delano sah zu Don Benito hinüber. Als er seine magere Gestalt bemerkte, die sich in den Armen des Dieners, in die der erregte Kranke gesunken war, aufrichtete, mußte er sich über den Schrekken, der ihn soeben übermannt hatte, bei der Vorstellung wundern, wie ein Befehlshaber, der bei einem so alltäglichen und – wie es jetzt schien – geringfügigen Ereignis alle Selbstbeherrschung verlor, mit entschlossener Tücke seine Ermordung betreiben sollte.

Als die Fässer an Deck waren, händigte einer der Gehilfen des Stewards Kapitän Delano eine Anzahl Becher und Krüge ein und bat ihn im Namen seines Kapitäns, das Wasser gemäß seinem eigenen Vorschlage zu verteilen. Er kam dieser Aufgabe mit der Unparteilichkeit nach, die diesem demokratischen Element, das stets dieselbe Ebene anstrebt, angemessen ist, indem er den ältesten Weißen nicht besser bedachte als den jüngsten Schwarzen, Don Benito allerdings ausgenommen, dessen Zustand, wenn auch nicht sein Rang, eine Extraration beanspruchte. Ihm kredenzte Kapitän Delano zuerst einen wohlgefüllten Becher der Flüssigkeit; der Spanier aber trank, wie sehr ihn auch dürstete, erst nach mehreren tiefen Verbeugungen und Förmlichkeiten. Eine Kundgebung der Etikette, die von den schaulustigen Afrikanern mit Händeklatschen begrüßt wurde.

Nachdem zwei der weniger welken Kürbisse für den Kajütentisch zurückgelegt worden waren, gelangte der Rest sofort zur allgemeinen Verteilung. Das weiche Brot, den Zucker und den Apfelwein hätte Kapitän Delano zwar nur den Weißen und insbesondere Don Benito geben mögen; aber dem widersetzte sich dieser – eine Selbstlosigkeit, die Kapitän Delano wohlgefiel –, und so wurden kleine Portionen davon unterschiedslos an Weiße und Schwarze abgegeben, mit Ausnahme einer Flasche Apfelwein, die auf Babos dringendes Anraten für seinen Herrn beiseite gestellt wurde.

Hier mag erwähnt werden, daß der Amerikaner beim ersten Besuch des Bootes seinen Leuten nicht erlaubt hatte, an Bord zu gehen. Ebensowenig erlaubte er es ihnen jetzt; denn er wollte den Wirrwarr auf den Decks nicht noch vermehren.

Infolge der jetzt allgemein herrschenden Freudenstimmung nur noch wohlwollender Gedanken fähig, schickte Kapitän Delano, der aus neuerlichen Anzeichen in einer oder höchstens zwei Stunden mit einer Brise rechnete, das Boot zum Robbenfänger zurück und befahl, daß alle entbehrlichen Leute auf Flößen zum Wasserplatz fahren und dort die Fässer füllen sollten. Ferner ließ er seinem Ersten Offizier ausrichten, daß er sich nicht beunruhigen möge, falls das Schiff wider Erwarten bis Sonnenuntergang nicht vor Anker läge; denn da eine Mondnacht bevorstehe, werde er (Kapitän Delano) als Lotse an Bord bleiben, wann immer der Wind komme.

Als die zwei Kapitäne beisammenstanden und der Abfahrt des Bootes zusahen – der Diener hatte auf dem Samtärmel seines Herrn einen Fleck entdeckt und sich schweigend daran gemacht, ihn wegzureiben –, drückte der Amerikaner sein Bedauern darüber aus, daß die ›San Dominick‹ keine Boote habe. Wenigstens sah man keine außer dem alten, nicht mehr seetüchtigen Langboot, das, gleich einem Kamelgerippe in der Wüste und fast ebenso ausgebleicht, wie ein umgekehrter Topf mittschiffs ruhte; etwas nach der Seite geneigt, gab es eine Art Höhle für Familiengruppen der Schwarzen, zumeist Frauen und kleine Kinder, ab. Sie kauerten auf alten Matten oder saßen erhöht oben im dunklen Gewölbe und erinnerten etwa an eine Gesellschaft von Fledermäusen, die in einer gastlichen Höhle Zuflucht gefunden hat. In Abständen schossen nackte Knaben und Mädchen, drei bis vier Jahre alt, wie Ebenholzblitze hinein und heraus.

»Wenn Sie jetzt drei oder vier Boote hätten, Don Benito«, sagte Kapitän Delano, »könnten Ihre Neger, denk ich, die Ruder nehmen und der Sache dadurch etwas voranhelfen. Haben Sie die Reise ohne Boote angetreten, Don Benito?«

»Sie sind in den Stürmen zerstört worden, Señor.«

»Das war schlimm. Auch haben Sie dabei viele Leute verloren. Boote und Männer. Es müssen schwere Stürme gewesen sein, Don Benito.«

»Unbeschreiblich«, flüsterte der Spanier.

»Sagen Sie mir, Don Benito«, fuhr sein Gefährte mit gesteigerter Anteilnahme fort, »sagen Sie mir, tobten diese Stürme unmittelbar auf der Höhe von Kap Horn?«

»Kap Horn? Wer hat denn von Kap Horn gesprochen?«

»Sie selbst sprachen davon, als Sie mir einen Bericht Ihrer Reise gaben«, antwortete Kapitän Delano, höchst erstaunt darüber, daß der Spanier seine eigenen Worte widerrief, die ihm vorher so zu Herzen gegangen waren. »Sie selbst, Don Benito, sprachen von Kap Horn«, wiederholte er mit Nachdruck.

Der Spanier stutzte und fuhr in seiner gebeugten Stellung herum, als ob er von einem Element ins andere, beispielsweise von der Luft ins Wasser springen wollte.

In diesem Augenblick kam ein weißer Schiffsjunge gelaufen, der, in ordnungsmäßiger Erfüllung seiner Pflicht, die zuletzt abgelaufene halbe Stunde an der Kajütenuhr abgelesen hatte und auf dem Vorderdeck anzeigen mußte, damit sie auf der großen Schiffsglocke angeschlagen würde.

»Herr«, sagte der Diener, seine Bemühung am Rockärmel aufgebend, und wandte sich mit ängstlicher Miene zu seinem Herrn. Er schien sich einer Pflicht entledigen zu wollen, die seinem Herrn, der sie ihm selbst auferlegt hatte, lästig sein mußte, obwohl sie zu seinem Guten bestimmt war. »Der Herr hat mir befohlen, ihn unter allen Umständen auf die Minute zu erinnern, wann es Zeit zum Rasieren ist. Miguel hat die Glocke der halben Stunde nach Mittag angeschlagen; also ist es soweit, Herr. Will der Herr jetzt in die Messe kommen?«

»Ach ja«, antwortete der Spanier, der zusammenfuhr, als sei er aus Traumwelten in die Wirklichkeit zurückgekehrt. Dann wandte er sich zu Kapitän Delano und sagte ihm, daß sie ihr Gespräch in Bälde fortsetzen könnten.

»Wenn der Herr weiter mit Don Amasa sprechen möchte«, sagte der Diener, »könnte doch Don Amasa bei dem Herrn in der Messe sitzen? Der Herr kann reden, und Don Amasa kann zuhören, während Babo den Schaum schlägt und das Messer abzieht.«

»Ja«, sagte Kapitän Delano, dem dieser zwanglose Plan nicht mißfiel, »ja, Don Benito, wenn Sie nichts dagegen haben, will ich mitgehen.«

Als die drei nach achtern gingen, mußte es der Amerikaner als neues seltsames Beispiel der Schrulligkeit seines Gastgebers betrachten, daß er sich mit so ungewöhnlicher Pünktlichkeit mitten am Tage rasieren ließ. Allerdings hielt er es für mehr als wahrscheinlich, daß die besorgte Treue des Dieners etwas mit der Sache zu tun hatte, insofern, als die vorübergehende Unterbrechung seinem Herrn dazu verhalf, sich von der Anwandlung, die offenbar über ihn gekommen war, zu erholen.

Der als ›Messe‹ bezeichnete Raum war eine vom Achterdeck abgeteilte helle Deckkabine, eine Art Dachboden der großen unteren Kajüte. Ein Teil davon hatte die früheren Offiziersquartiere gebildet; aber seit dem Tode der Offiziere waren alle Trennwände niedergelegt und das ganze Innere in eine luftige und geräumige Schiffshalle verwandelt worden. Das Fehlen feineren Mobiliars und die malerische Unordnung, in der die wunderlichsten Gerätschaften herumstanden, erinnerte etwa an die weite, unaufgeräumte Halle eines grillenhaften unverheirateten Landedelmannes, der die Schießjacke und den Tabaksbeutel am Hirschgeweih aufhängt und die Angelrute, die Feuerzange und den Spazierstock in der gleichen Ecke aufbewahrt.

Dieser Vergleich wurde durch den Blick auf das umgebende Meer zwar nicht ausgelöst, aber doch unterstrichen; denn das Meer und das flache Land sind in gewissem Sinne verwandt miteinander.

Der Fußboden der Messe war mit Matten belegt. Zu Häupten des Beschauers staken vier oder fünf alte Musketen in waagrechten Löchern längs der Deckenbalken. An einer Seite war ein klauenfüßiger alter Tisch am Boden befestigt; darauf lag ein abgegriffenes Meßbuch, über dem ein kleiner und magerer Gekreuzigter an der Wand hing. Unter dem Tisch lagen ein paar schartige Entermesser und eine abgenutzte Harpune zwischen armseligem altem Takelwerk, das an einen Haufen Gürtelstricke armer Mönche erinnerte. Außerdem gab es zwei lange, scharfkantige Bänke aus Malakkarohr, die, vom Alter geschwärzt, unheimlich anzusehen waren wie Foltergeräte der Inquisition, und einen großen, unförmigen Armstuhl, der nach Art der Barbierstühle hinten mit einer durch eine Schraube verstellbaren Kopfstütze versehen war und ebenfalls an ein wunderliches Marterwerkzeug gemahnte. In einer Ecke befand sich ein geöffneter Flaggenschrank, der allerlei buntes Flaggentuch sehen ließ, das zum Teil ganz, zum Teil halb aufgerollt und zum Teil unordentlich zerknüllt war. An der gegenüberliegenden Wand stand ein ungefüger Waschtisch aus schwarzem Mahagoni, aus einem Stück gearbeitet, mit einem Untersatz wie ein Taufstein und einem umgitterten Wandbrett darüber, das Kämme, Bürsten und andere Toilettenartikel enthielt. Eine zerrissene Hängematte aus beflecktem Grasleinen hing in der Nähe; die zerwühlten Decken und das wie eine Stirn gerunzelte Kissen verrieten, daß die Person, deren Nachtlager dies war, einen schlechten, von argen Gedanken und wüsten Träumen gestörten Schlaf hatte.

Das äußerste, über das Schiffsheck hinausragende Ende der Messe war von drei Öffnungen – Fenstern oder Schießscharten – durchbrochen, so daß, je nachdem, Männer oder Kanonen, freundlich oder feindlich gesinnt, aus ihnen hinausblicken konnten. Gegenwärtig waren jedoch weder Männer noch Kanonen zu sehen, obgleich gewaltige Ringbolzen und andere verrostete eiserne Befestigungsvorrichtungen an den Holzwänden an Vierundzwanzigpfünder denken ließen.

Beim Eintreten fragte Kapitän Delano mit einem Blick auf die Hängematte: »Schlafen Sie hier, Don Benito?«

»Ja, Señor, seit wir mildes Wetter haben.«

»Dies scheint Wohnzimmer, Schlafgemach, Schiffsspeicher, Arsenal und Privatkabinett in einem zu sein, Don Benito«, fügte Kapitän Delano, sich umschauend, hinzu.

»Ja, Señor. Die Umstände haben mir nicht erlaubt, viel Ordnung in meinen Zurüstungen herzustellen.«

Hier machte der Diener, die Serviette überm Arm, eine Bewegung, als wolle er fragen, ob es seinem Herrn gefällig sei. Don Benito deutete seine Bereitwilligkeit an, worauf der Diener ihm den Malakkarohr-Stuhl anwies, den er zur Bequemlichkeit des Gastes einer der Bänke gegenüberstellte. Dann begann er mit der Prozedur, indem er seinem Herrn den Kragen öffnete und die Halsbinde löste.

Der Neger hat etwas in seinem Wesen, was ihn für persönliche Dienstleistungen besonders geeignet macht. Die meisten Neger sind geborene Kammerdiener und Barbiere, die ebensogern nach Kamm und Bürste wie nach der Klapper greifen und sie fast mit der gleichen Befriedigung schwingen. Auch zeigen sie bei ihrer Handhabung einen gewissen feinen Anstand, der, mit einer wunderbaren, lautlosen und geschmeidigen Behendigkeit verbunden, recht angenehm für den Zuschauer, aber noch angenehmer für den von ihnen Behandelten ist. Und all dies wird noch von der großen Gabe ihres Humors übertroffen. Damit ist nicht bloßes Grinsen oder Lachen gemeint – das wäre unpassend –, sondern eine gewisse beschwingte Heiterkeit, die mit jedem Blick und jeder Bewegung harmoniert. Es ist, als hätte Gott den ganzen Neger in eine gefällige Musik gesetzt.

Nimmt man noch die Gelehrigkeit hinzu, die der ehrgeizlosen Zufriedenheit eines beschränkten Gemüts entspringt, sowie die Bereitschaft zu kindlicher Anhänglichkeit, die Tieferstehenden manchmal eignet, so begreift man leicht, warum Hypochonder wie Johnson und Byron – vielleicht dem Hypochonder Benito Cereno ähnlich – ihre schwarzen Diener, Barber und Flechter, auf Kosten fast der ganzen weißen Rasse ins Herz geschlossen haben. Aber wenn im Neger etwas läge, was einen kranken oder zynischen Geist von der ihm auferlegten Bitterkeit befreit – wie muß er in seinen ansprechendsten Zügen erst einem wohlwollenden Geiste erscheinen? Solange sich Kapitän Delano mit den äußeren Dingen im Gleichgewicht befand, hatte er nicht nur ein gütiges, sondern auch ein vertrauliches und humorvolles Wesen. Daheim hatte er oft besondere Befriedigung darin gefunden, vor seiner Tür sitzend, einem freien Farbigen bei der Arbeit oder beim Spiel zuzuschauen. Wenn sich zufällig auf einer Reise ein schwarzer Matrose bei ihm an Bord befand, so dauerte es bestimmt nicht lange, bis er mit ihm zu schwatzen und zu scherzen begann. Allerdings verkehrte Kapitän Delano – wie die meisten Menschen von gutem und fröhlichem Herzen – mit Negern nicht als Philanthrop, sondern auf unverbindliche Art wie andere mit ihren Neufundländern.

Bisher waren die Umstände, die er auf der ›San Dominick‹ vorfand, diesem Bestreben nicht günstig gewesen. Aber in der Messe, von seinem vorigen Unbehagen befreit und aus verschiedenen Gründen geselliger gestimmt als je zuvor an diesem Tage, fühlte er, wie er den farbigen Diener, die Serviette überm Arm, in der so vertrauten Handlung des Rasierens artig um seinen Herrn bemüht sah, seine alte Schwäche für die Neger zurückkehren.

Unter anderem belustigte ihn das seltsame Beispiel der Vorliebe des Afrikaners für alles Grelle und Augenfällige, als der Schwarze dem Schrank achtlos ein großes Stück buntes Flaggentuch entnahm und es seinem Herrn verschwenderisch als Serviette unter das Kinn band.

Die Spanier verfahren beim Rasieren etwas anders als die übrigen Nationen. Sie haben ein Becken, das bezeichnenderweise Barbierbecken heißt und an einer Seite ausgehöhlt ist, um das Kinn aufzunehmen, dem es beim Einseifen fest angedrückt wird; dies geschieht nicht mit einem Pinsel, sondern mit der in Wasser getauchten und auf dem Gesicht verriebenen Seife.

Im gegenwärtigen Falle wurde aus zwingenden Gründen Salzwasser verwandt. Eingeseift wurden lediglich die Oberlippe und der Hals dicht unter der Kehle, weil alles übrige gepflegter Bart war.

Da diese Vorbereitungen für Kapitän Delano

recht neu waren, saß er, in neugierige Betrachtung versunken, ohne daß zunächst eine Unterhaltung stattfand. Auch Don Benito schien für den Augenblick nicht geneigt zu sein, diese wieder aufzufrischen.

Sein Becken abstellend, suchte der Neger unter den Rasiermessern das schärfste heraus und verlieh ihm, als er es gefunden hatte, noch eine zusätzliche Schärfe, indem er es sachkundig auf der festen, glatten und öligen Haut seiner offenen Handfläche abzog. Dann machte er eine Bewegung, als ob er anfangen wollte, hielt aber dabei einen Augenblick inne, in der einen Hand das erhobene Rasiermesser, indes er mit der anderen in dem blasigen Seifenschaum auf dem schlanken Halse des Spaniers herumrieb. Von dem nahen Anblick des blitzenden Stahls betroffen, schauderte der Spanier nervös zusammen. Seine gewohnte Blässe wurde durch den Schaum noch gesteigert, während wiederum dieser grell gegen die Schwärze der Negerhaut abstach. Alles in allem war es eine recht merkwürdige Szene, mindestens für Kapitän Delano, der, als er die beiden in dieser Lage sah, dem seltsamen Einfall nicht widerstehen konnte, daß der Schwarze der Henker sei und der Weiße der Mann auf dem Block. Aber das war eine jener sonderbaren Vorstellungen, die in einem Atem kommen und gehen und von denen auch der klarste Verstand vielleicht nicht immer frei ist.

Inzwischen hatte sich durch die Erregung des Spaniers das Flaggentuch an seinem Hals ein wenig gelockert, so daß eine breite Falte wie ein Vorhang über die Armlehne des Stuhls zur Erde geglitten war und zwischen vielerlei heraldischen Balken und Grundfarben – Schwarz, Blau und Gelb – ein Kastell in blutrotem Feld sowie diagonal einen kriechenden Löwen in weißem Felde zeigte.

»Das Kastell und der Löwe«, rief Kapitän Delano aus. »Ei, Don Benito, das ist ja die Flagge von Spanien, die Sie da benutzen! Zum Glück sehe nur ich dies und nicht der König«, fügte er mit einem Lächeln hinzu; »aber es ist wohl alles eins« – hier sah er nach dem Schwarzen – »wenn nur die Farben recht bunt sind.« Diese scherzhafte Bemerkung schien dem Neger zu schmeicheln.

»Jetzt, Herr«, sagte er, indem er die Flagge ordnete und den Kopf sanft weiter zurück auf die Stütze drückte, »jetzt, Herr.« Und der Stahl blitzte unweit der Kehle auf.

Wieder schauderte Don Benito leicht.

»Sie dürfen nicht so zittern, Herr. Sehen Sie, Don Amasa, immer zittert der Herr, wenn ich ihn rasiere. Und doch weiß der Herr, daß ich ihn noch nie geschnitten habe; wenn er aber so zittert, kann es schon mal vorkommen. Jetzt, Herr«, fuhr er fort. »Und nun, Don Amasa, reden Sie, bitte, weiter über den Sturm und alles das; der Herr kann hören und zwischendurch antworten.«

»Ach, ja, diese Stürme«, sagte Kapitän Delano. »Aber je mehr ich an Ihre Reise denke, Don Benito, desto mehr wundere ich mich – nicht über die Stürme, wie schrecklich sie auch gewesen sein mögen, sondern über die verhängnisvolle Zeitspanne, die ihnen folgte. Denn nach Ihrem Bericht haben Sie zwei Monate und länger gebraucht, um von Kap Horn nach St. Maria zu gelangen, eine Entfernung, die ich selbst bei gutem Winde in ein paar Tagen zurückgelegt habe. Allerdings hatten Sie Flauten, lange Flauten sogar – aber Flauten, die zwei Monate andauern, sind zum mindesten ungewöhnlich. Nun, Don Benito, hätte mir irgendein anderer Ehrenmann eine solche Geschichte erzählt, so wäre ich geneigt gewesen, daran etwas zu zweifeln.«

Hier fuhr der Spanier ähnlich wie kurz vorher an Deck unwillkürlich zusammen. Lag es nun an seiner hastigen Bewegung, an einem plötzlichen Rollen des Schiffsrumpfes in der Windstille oder an einer augenblicklichen Ungeschicklichkeit des Negers – jedenfalls schnitt das Rasiermesser in seine Haut, und Blut färbte den sahnigen Schaum unter seiner Kehle. Sofort nahm der schwarze Barbier das Messer weg. In seiner fachmännischen Pose bleibend, Kapitän Delano ab- und Don Benito zugekehrt, hielt er das tropfende Rasiermesser in die Höhe und sagte halb scherzend, halb bekümmert: »Sehen Sie, Herr – Sie haben so gezittert. Hier ist das erste Blut, das Babo vergoß.«

Kein vor Jakob I. von England gezogenes Schwert, kein Mord in der Gegenwart dieses furchtsamen Königs hätte eine so furchtbare Wirkung gezeitigt, wie sie jetzt Don Benitos Anblick darbot.

›Der arme Teufel‹, dachte Kapitän Delano. ›Er ist so nervös, daß er nicht einmal den Anblick von etwas Blut bei der Rasur ertragen kann. Und dieser schlappe und kranke Mann – konnte ich mir wirklich vorstellen, daß er mein ganzes Blut vergießen wollte, da er nicht einmal den Anblick eines Tropfens seines eigenen erträgt? Wahrlich, Amasa Delano, du bist heut nicht ganz bei Sinnen gewesen. Erzähl das nur nicht daheim, Amasa, du alter Esel. Allerdings – er sieht nicht aus wie ein Mörder – nicht wahr? Dann schon eher, als ob es um ihn selber geschehen wäre! Nun, die heutige Erfahrung soll mir zur Lehre dienen.‹

Während diese Dinge dem wackeren Seemann durch den Kopf gingen, hatte der Diener das Tuch von seinem Arm genommen und zu Don Benito gesagt: »Aber antworten Sie doch auf Don Amasas Fragen, Herr. Inzwischen will ich das häßliche Zeug vom Rasiermesser abwischen und es noch einmal schärfen.«

Als er dies sagte, war sein Gesicht halb abgekehrt, so daß es dem Spanier und dem Amerikaner zugleich sichtbar war. Nach seinem Ausdruck zu schließen, schien er sagen zu wollen, daß er es gern sähe, wenn sein Herr in der Unterhaltung fortführe, damit seine Aufmerksamkeit von dem garstigen Vorfall abgelenkt würde. Wie über die gebotene Erleichterung erfreut, nahm Don Benito den Faden wieder auf und wiederholte, daß es nicht allein Flauten von ungewöhnlicher Dauer waren, sondern daß auch widrige Strömungen das Schiff abgetrieben hätten. Er fügte noch andere Dinge hinzu, von denen einige nur Wiederholungen früherer Behauptungen waren, um zu erklären, wie es geschehen konnte, daß die Fahrt von Kap Horn nach St. Maria so außerordentlich lange gedauert hatte. Hin und wieder flocht er in seine Rede beiläufige, obschon jetzt weniger bestimmte Lobsprüche für die Schwarzen betreffs ihrer allgemeinen guten Führung ein. Diese Einzelheiten wurden nicht in einem Zuge gegeben, weil der Diener zwischendurch mit dem Rasiermesser hantierte, und so setzten sich der Bericht und die Lobeshymnen, in ungewöhnlich heiserem Ton vorgetragen, eine Weile fort.

In der Einbildung Kapitän Delanos, die sich auch jetzt nicht ganz beruhigen konnte, lag etwas so Unnatürliches im Benehmen des Spaniers, dem etwas ebenso Unnatürliches in der unausgesprochenen, finsteren Zustimmung des Dieners entsprach, daß der Gedanke in ihm aufblitzte, Herr und Diener führten zu unbekanntem Zweck ein in Handlung und Wort bis zum Schaudern Don Benitos durchdachtes Gaukelspiel vor ihm auf. Auch wurde ihm der Verdacht, daß sie unter einer Decke steckten, offenbar durch die Tatsache der oben erwähnten Flüsterkonferenzen bestätigt. Aber was konnten sie dann mit der Darbietung dieser Barbierszene bezwecken? Zuletzt wies er diese Annahme ab, da er sie für eine Schrulle halten mußte, die ihm unwillkürlich durch den theatralischen Anblick Don Benitos in seinem Harlekinaufzuge eingegeben worden war.

Nach dem Rasieren machte sich der Diener mit einer kleinen Flasche Haarwasser zu schaffen, spritzte einige Tropfen davon auf Don Benitos Kopf und verrieb sie gewissenhaft, wobei die Anstrengung der Übung seine Gesichtsmuskeln recht sonderbar zucken ließ.

Dann kamen Kamm, Schere und Bürste an die Reihe. Don Benito immer umkreisend, glättete er hier eine Strähne, schnitt da ein widerspenstiges Barthaar ab, verhalf einer Schläfenlocke zu anmutigem Schwunge und verriet mit anderen kleinen Improvisationen die Hand des Meisters. All das ertrug Don Benito wie irgendein geduldiger Herr unter den Händen des Barbiers mit viel geringerem

Unbehagen als das Rasieren. Allerdings saß er so blaß und steif da, als wäre der Neger ein nubischer Bildhauer, der einen weißen Statuenkopf vollendet.

Als endlich alles getan, die spanische Standarte abgenommen, zusammengeknüllt und in den Flaggenschrank zurückgeworfen war, blies der Neger mit seinem warmen Atem ein verirrtes Haar weg, das sich auf dem Hals seines Herrn niedergelassen haben mochte, richtete ihm Kragen und Halsbinde, entfernte ein auf den Samtärmel gefallenes Fädchen, trat, nachdem auch dies alles geschehen war, einen Schritt zurück und überprüfte einen Augenblick mit der Miene bescheidener Selbstgefälligkeit seinen Herrn, als wäre dieser – wenigstens in Dingen der Toilette – das Geschöpf seiner geschickten Hände.

Kapitän Delano sagte ihm ein paar anerkennende Worte über seine Leistung und beglückwünschte zugleich Don Benito.

Aber weder Haarwasser noch Kopfmassage, weder die Treue des Dieners noch die Gesellschaft Kapitän Delanos vermochten den Spanier aufzuheitern. Als Kapitän Delano ihn noch sitzen bleiben und wieder in seinen Dämmerzustand zurückgleiten sah, hielt er seine Anwesenheit im Augenblick für unerwünscht und zog sich unter dem Vorwande, nach dem Wetter und etwaigen Anzeichen der von ihm vorausgesagten Brise zu sehen, zurück.

Am Großmast angekommen, blieb er eine Weile

nachdenklich mit der soeben erlebten Szene beschäftigt und konnte sich unbestimmter Ahnungen nicht erwehren, als er ein Geräusch von der Messe her hörte und, sich umwendend, den Neger erblickte, der sich mit der Hand die Backe hielt. Nähertretend erkannte Kapitän Delano, daß sie blutete. Er wollte sich schon nach der Ursache erkundigen, als er durch das klagende Selbstgespräch des Negers aufgeklärt wurde.

»O weh, wann wird der Herr von seiner Krankheit genesen! Nur die Bosheit, die von der bösen Krankheit kommt, läßt ihn Babo so behandeln. Babo mit dem Rasiermesser zu verletzen, nur weil ihn Babo zufällig ein bißchen geschnitten hat – und das zum ersten Mal in so vielen Tagen! Au, au, au –« Und er hielt sich das Gesicht mit den Händen.

›Ist es möglich?‹ fragte sich Kapitän Delano. ›Wollte mich Don Benito mit seinem mißmutigen Wesen vertreiben, um seinen spanischen Groll im geheimen an seinem armen Diener auszulassen? Ach, der Sklavenhandel erzeugt häßliche Leidenschaften im Menschen. – Armer Kerl!‹

Er wollte dem Neger einige freundliche Worte sagen; aber dieser betrat schon wieder mit scheuem Widerstreben die Messe.

Dann kamen Herr und Diener heraus, Don Benito auf den Schwarzen gestützt, als ob nichts geschehen wäre. ›Also nur ein kleiner Liebeszwist alles in allem‹, sagte sich Kapitän Delano.

Er näherte sich Don Benito, und zusammen gingen sie langsam weiter. Sie waren noch nicht weit gekommen, als der Steward, ein großer, wie ein Rajah aussehender Mulatte, nach morgenländischer Art mit einem pagodenartigen Turban geschmückt, der aus drei oder vier übereinander um seinen Kopf geschlungenen Madrastüchern bestand, mit einem »Salem« auf sie zutrat, um das in der Kajüte angerichtete Mittagsmahl zu melden.

Auf ihrem Wege dorthin schritt ihnen der Mulatte voraus, wobei er sich öfters umwandte und sie mit beständigem Lächeln und Sichverneigen einlud. Eine derartige Entfaltung von Vornehmheit, die den kleinen, barhäuptigen Babo ganz in den Schatten stellte, bewirkte, daß dieser, als sei er sich seiner Minderwertigkeit bewußt, den anmutigen Steward mit scheelen Blicken betrachtete. Aber zum Teil schrieb Kapitän Delano seine eifersüchtige Wachsamkeit dem eigenartigen Gefühl zu, das der Vollblutafrikaner dem Mischling gegenüber empfindet. Was den Steward betrifft, zeigte sein Benehmen, wenn nicht Würde oder Selbstachtung, so doch das starke Bedürfnis zu gefallen – was doppelt verdienstlich ist, ebenso, wie Christ und zugleich Anhänger Chesterfields zu sein.

Kapitän Delano beobachtete mit Interesse, daß die Hautfarbe des Mulatten den Mischling verriet, während seine Gesichtszüge den klassischen Schnitt des Europäers zeigten.

»Don Benito«, flüsterte er, »ich freue mich, diesen Ihren Würdenträger zu sehen. Sein Anblick widerlegt eine häßliche Bemerkung, die ich einmal von einem Pflanzer auf Barbados gehört habe: daß man, wenn ein Mulatte das regelmäßige Gesicht eines Europäers habe, vor ihm auf der Hut sein müsse; denn er sei ein Teufel. Aber Ihr Steward besitzt regelmäßigere Züge als König Georg von England – und doch nickt, lächelt und verbeugt er sich: wahrlich ein König, der König der guten Herzen und höflichen Burschen. Und was für eine angenehme Stimme er hat, nicht wahr?«

»Jawohl, Señor.«

»Aber sagen Sie doch – hat er sich, soweit Sie ihn kennen, nicht stets als braver, anständiger Bursche gezeigt?« fragte Kapitän Delano, als der Steward mit einer abschließenden Verneigung in der Kajüte verschwand. »Aus dem eben erwähnten Grunde bin ich neugierig, es zu erfahren.«

»Francesco ist ein guter Mensch«, antwortete Don Benito etwas träge, wie ein phlegmatischer Schiedsrichter, der weder tadeln noch loben möchte.

»Ah, ich dacht es mir. Denn es wäre allerdings seltsam und nicht sehr ehrenvoll für uns Weiße, wenn ein Tropfen unseres Blutes, mit afrikanischem gemischt, anstatt dessen Qualität zu erhöhen, nur die traurige Wirkung hätte, Schwefelsäure in die schwarze Suppe zu gießen, so vielleicht ihre Farbe, aber nicht ihre Bekömmlichkeit verbessernd.«

»Zweifellos, zweifellos, Señor, aber«, hier blickte er auf Babo, »um nicht von den Negern zu sprechen: Die Bemerkung Ihres Pflanzers habe ich in unseren Provinzen auf spanisch-indianische Mischlinge anwenden hören. Aber ich weiß gar nichts darüber«, setzte er gleichgültig hinzu.

Damit betraten sie die Kajüte.

Das Mahl war einfach. Es gab einige von Kapitän Delanos frischen Fischen und Kürbissen, Zwieback und Pökelfleisch, die reservierte Flasche Apfelwein und die letzte Flasche Kanariensekt aus dem Vorrat der ›San Dominick‹.

Als sie eintraten, war Francesco mit zwei, drei farbigen Gehilfen am Tisch beschäftigt, um die letzten Anordnungen zu treffen. Sobald sie ihren Herrn bemerkten, zogen sie sich zurück; Francesco verabschiedete sich mit einem Lächeln. Der Spanier ließ sich nicht dazu herab, es zur Kenntnis zu nehmen, sondern bemerkte nur widerwillig, daß ihm an überflüssigen Dienstleistungen nichts gelegen sei.

Ohne weitere Tischgenossen ließen sich Wirt und Gast wie ein kinderloses Ehepaar an den entgegengesetzten Enden des Tisches nieder, indem Don Benito Kapitän Delano seinen Platz anwies und trotz seiner Schwäche darauf bestand, daß sich sein Gast vor ihm setzte.

Der Neger schob einen Teppich unter die Füße seines Herrn und ein Kissen hinter seinen Rücken; dann stellte er sich nicht hinter Don Benitos, sondern hinter Kapitän Delanos Stuhl auf. Zuerst überraschte es diesen. Aber bald wurde ihm klar, daß der Schwarze auch in dieser Stellung seine Treue gegen seinen Herrn bekundete; denn indem er ihm ins Gesicht sah, konnte er sogleich seine leisesten Wünsche erraten.

»Das ist ein ungewöhnlich gescheiter Bursche«, flüsterte Kapitän Delano über den Tisch hinweg.

»Sie sagen die Wahrheit, Señor.«

Während des Essens ging der Gast wieder auf Teile der Geschichte Don Benitos ein und bat hier und da um weitere Einzelheiten. Er fragte, wie es gekommen sei, daß der Skorbut und das Fieber so gewaltig unter den Weißen aufgeräumt hätten, während von den Schwarzen nur weniger als die Hälfte betroffen worden sei. Als führe diese Frage das ganze Schauspiel der Seuche dem Spanier wieder vor Augen, ihn traurig daran mahnend, wie einsam es jetzt in der Kajüte, wo er so viele Freunde und Offiziere um sich gehabt, geworden war, bebte seine Hand, entfärbte sich sein Antlitz und entfuhren ihm abgebrochene Laute; aber gleich darauf schienen an die Stelle der bestimmten Erinnerung an die Vergangenheit unbestimmte Schrecken der Gegenwart zu treten. Mit entsetzten Augen starrte er vor sich ins Leere. Doch da war nichts zu sehen als die Hand seines Dieners, die ihm den Kanariensekt hinschob. Schließlich halfen ihm einige Schlucke davon, seine Fassung teilweise zurückzugewinnen. Etwas verworren kam er auf die verschiedene Veranlagung der Rassen zu sprechen, die es der einen erlaubte, der Krankheit besser zu widerstehen als die andere. Der Gedanke war seinem Tischgenossen neu.

Kapitän Delano beabsichtigte jetzt, mit seinem Gastgeber die finanzielle Seite des Geschäftes, das er ihm vorgeschlagen hatte, zu besprechen, insbesondere – da er seinen Reedern genaue Rechenschaft schuldete – bezüglich der neuen Segel und dergleichen. Er hätte es natürlich vorgezogen, diese Angelegenheit unter vier Augen zu besprechen, und wünschte daher, daß sich der Diener zurückzöge. Jedenfalls meinte er, daß Don Benito ein paar Minuten ohne seine Aufwartung auskommen könne. Er wartete jedoch noch ein wenig, in der Annahme, Don Benito käme im Verlauf der Unterhaltung von selbst auf die Notwendigkeit dieser Maßnahme.

Aber umsonst. Schließlich fing er den Blick seines Gastgebers auf und flüsterte ihm mit leichter Bewegung des Daumens nach hinten zu: »Verzeihen Sie, Don Benito, aber ich fühle mich behindert, das, was ich Ihnen zu sagen habe, frei auszudrücken.«

Hierauf änderte sich der Gesichtsausdruck des Spaniers. Er schien den Wink übelzunehmen, weil er einen unausgesprochenen Tadel gegen seinen Diener enthielt. Nach einer Pause versicherte er seinem Gast, daß die Anwesenheit des Schwarzen nicht schaden könne; denn seit er seine Offiziere verloren, habe er Babo, der ursprünglich, wie sich jetzt zeigte, der Kapitän der Schwarzen gewesen war, nicht nur zu seinem ständigen Diener, sondern auch zu seinem Vertrauten in allen Stücken gewählt.

Also war hierzu nichts mehr zu sagen. Allerdings konnte Kapitän Delano eine gewisse Gereiztheit kaum verbergen, weil seinem geringfügigen Wunsch nicht stattgegeben worden war – von einem Manne überdies, dem er so nützliche Dienste erweisen wollte. ›Aber es ist ja nur sein ewiges Klagen‹, dachte er, füllte sein Glas und sprach von seinen Geschäften.

Über den Preis der Segel und anderer Gegenstände einigte man sich bald. Aber hierbei bemerkte der Amerikaner, daß, während sein erstes Hilfsangebot mit jäher Freude begrüßt worden war, sich jetzt, da es sich nur noch um geschäftliche Abmachungen handelte, Gleichgültigkeit und Apathie einstellten. Tatsächlich schien sich Don Benito die Einzelheiten mehr aus Gründen des guten Tons anzuhören, als weil er eingesehen hätte, daß sie für ihn und seine Reise einen großen Nutzen bedeuteten.

Bald wurde sein Benehmen noch zurückhaltender. Ihn in ein geselliges Gespräch zu ziehen war vergebliches Bemühen. Von seiner trübseligen Stimmung geplagt, zerrte er an seinem Bart, indes ihm ohne viel Erfolg die Hand seines Dieners langsam und leise den Kanariensekt zuschob.

Nach beendeter Mahlzeit nahmen sie auf den mit Kissen belegten Heckbalken Platz. Der Diener schob wieder ein Kissen hinter den Rücken seines Herrn. Die lange dauernde Flaute hatte jetzt die Atmosphäre merkbar beeinflußt. Don Benito stieß einen Seufzer aus, als ob er nach Luft ränge.

»Wollen wir nicht in die Messe zurückgehen?« fragte Kapitän Delano, »es ist etwas luftiger dort.« Aber sein Gastgeber blieb stumm und regungslos sitzen.

Inzwischen kniete sein Diener, einen großen Federfächer in der Hand, vor ihm nieder. Und Francesco, der auf Zehenspitzen nahte, händigte dem Neger ein Fläschchen Riechwasser ein, mit dem dieser hin und wieder die Stirn seines Herrn einrieb. Dabei glättete er ihm das Haar an den Schläfen wie eine Amme dem Kinde. Er sprach kein Wort, sondern ließ nur sein Auge in dem seines Herrn ruhen, als wolle er ihm in seiner tiefen Verzweiflung durch das stumme Schauspiel seiner Treue die Lebensgeister auffrischen.

Jetzt schlug die Schiffsglocke zwei Uhr, und

durch das Kajütenfenster ließ sich ein leichtes Gekräusel der See wahrnehmen, das eine Brise aus der gewünschten Richtung anzeigte.

»Sehen Sie«, rief Kapitän Delano aus, »ich habe es Ihnen ja gesagt!«

Er war aufgestanden und sprach in erregtem Ton, um seinen Gefährten aufzurütteln. Aber obwohl der karmesinfarbene Vorhang des Heckfensters neben Don Benito an seine bleiche Wange wehte, schien er jetzt die Brise noch weniger willkommen zu heißen als vorher die Windstille.

›Armer Kerl‹, dachte Kapitän Delano, ›bittere Erfahrungen haben ihn gelehrt, daß ein Wellengekräusel noch keinen Wind macht – ebensowenig wie eine Schwalbe den Sommer. Aber diesmal ist er im Irrtum. Ich werde sein Schiff in den Hafen führen und es ihm beweisen.‹

Mit einem kurzen Hinweis auf Don Benitos schwache Gesundheit nötigte er seinen Gastgeber, ruhig sitzen zu bleiben, da er (Kapitän Delano) mit Vergnügen die Verantwortung übernehme, den Wind nach Möglichkeit zu benutzen.

Auf Deck erschrak Kapitän Delano über den unerwarteten Anblick Atufals, der wie ein Denkmal auf der Schwelle stand, ähnlich den aus schwarzem Marmor gehauenen Türhütern, die die Vorhallen ägyptischer Gräber bewachen.

Diesmal war es aber vielleicht nur ein körperliches Erschrecken. Atufals Gegenwart, die seine Gefügigkeit bei allem Eigensinn zeigte, bildete ein Gegenstück zu den Beilputzern, die mit Geduld ihrer Pflicht oblagen. Beides bewies, daß, wie gering Don Benitos Autorität auch sein mochte, sich ihr auch der Wildeste und Gewaltigste mehr oder weniger beugen mußte, wenn es ihm gefiel.

Kapitän Delano ergriff ein an der Reling hängendes Sprachrohr, ging straffen Schrittes zum Vorderteil des Achterdecks und erteilte in seinem besten Spanisch die Befehle. Die wenigen Matrosen und vielen Neger begaben sich mit allen Anzeichen der Freude gehorsam ans Werk, das Schiff in den Hafen zu befördern.

Während er Anweisungen gab, ein Leesegel tiefer zu setzen, hörte er plötzlich eine Stimme, die seine Befehle wortgetreu wiederholte. Beim Umwenden erblickte er Babo, der jetzt, unter dem Kommando des Lotsen, seine ursprüngliche Rolle als Kapitän der Sklaven spielte. Diese Hilfe erwies sich als wertvoll. Die zerfetzten Segel und verzogenen Rahen waren bald in einige Ordnung gebracht. Und jede Brasse, jedes Fall wurden unter den frohen Gesängen der begeisterten Neger gezogen.

›Brave Jungen‹, dachte Kapitän Delano, ein bißchen Übung würde sie zu wackeren Matrosen machen. ›Aber sieh, auch die Weiber ziehen und singen mit. Das müssen einige dieser Aschanti-Negerinnen sein, die so großartige Soldaten abgeben sollen. Aber wer steht eigentlich am Steuer? Dort brauche ich einen tüchtigen Mann.‹

Er ging hin, um nachzusehen.

Die ›San Dominick‹ wurde von einer ungefügen Ruderpinne gesteuert, an der große, waagrechte Taljen angebracht waren. An jeder Talje stand ein untergeordneter Schwarzer und zwischen ihnen, am Steuerrad, auf verantwortlichem Posten, ein spanischer Seemann, dessen Haltung zeigte, daß auch er das allgemeine hoffnungsfrohe Vertrauen auf das Aufkommen der Brise teilte.

Wie sich herausstellte, war es derselbe Mann, der sich mit so verschämter Miene am Spill zu schaffen gemacht hatte.

»Ah, Ihr seid das, mein Lieber«, rief Kapitän Delano. »Schluß jetzt mit dem schafsmäßigen Dreinschauen, wie? Blickt nur geradeaus nach vorn und haltet das Schiff in derselben Richtung. Eine sichere Hand, hoffe ich? Und Ihr freut Euch, in den Hafen zu kommen – stimmt's?«

Der Mann kicherte zustimmend in sich hinein und faßte das Steuerrad fester. Daraufhin musterten die beiden Schwarzen, von dem Amerikaner unbemerkt, den Matrosen aufmerksam.

Nachdem sich der Lotse überzeugt hatte, daß am Steuer alles in Ordnung war, ging er zum Vorderdeck, um zu sehen, wie die Dinge dort standen.

Das Schiff hatte jetzt genügend Fahrt, um der Strömung widerstehen zu können. Sicherlich würde die Brise gegen Abend auffrischen.

Da somit alles für den Augenblick Nötige getan war, wandte sich Kapitän Delano, nachdem er seine letzten Befehle erteilt hatte, nach achtern, um Don Benito in der Kajüte Bericht zu erstatten. Vielleicht trieb ihn außerdem die Hoffnung, mit dem Spanier ein Weilchen unter vier Augen reden zu können, solange der Diener auf Deck beschäftigt war.

Die Kajüte ließ sich unter dem Achterdeck auf zwei Wegen erreichen. Ein Eingang befand sich weiter vorn als der andere und stand daher mit einem längeren Gang in Verbindung. Kapitän Delano vergewisserte sich, daß der Diener noch oben weilte, und nahm den obengenannten, nächstliegenden Eingang, in dem nach wie vor Atufal stand. Er beeilte sich so, daß er an der Schwelle der Kajüte einen Augenblick stehenblieb, um Atem zu holen. Dann trat er, die beabsichtigten Worte auf den Lippen, ein. Als er auf den sitzenden Spanier zuschritt, vernahm er einen anderen Tritt, im gleichen Takt mit dem seinen. Aus der entgegengesetzten Tür kam, ein Tablett in der Hand, der Diener.

›Zum Teufel mit dem treuen Gesellen‹, dachte Kapitän Delano, welch lästiges Zusammentreffen!

Hätte er sich nicht in der durch die Brise hervorgerufenen zuversichtlichen Stimmung befunden, so wäre ihm die Störung wahrscheinlich noch lästiger erschienen. Jedenfalls spürte er einen leisen Stich, weil ihm irgendwie ein Zusammenhang zwischen Babo und Atufal aufdämmerte.

»Don Benito«, sagte er, »ich bringe Ihnen freudige Kunde. Die Brise wird anhalten und sich sogar noch steigern. Übrigens steht Ihr langer Kerl und Zeitmesser, Atufal, draußen vor der Tür. Doch wohl auf Ihren Befehl, nicht wahr?«

Don Benito fuhr zurück, als wäre er von einer spöttischen Bemerkung verletzt worden, die jedoch in eine viel zu feine Form gekleidet war, um eine Handhabe zu schroffer Entgegnung zu bieten.

›Er benimmt sich, als würde er bei lebendigem Leibe geschunden‹, dachte Kapitän Delano. ›Kann man ihn denn an keiner Stelle berühren, ohne ihm einen Schauer einzujagen?‹

Der Diener trat auf seinen Herrn zu und rückte ihm das Kissen zurecht. Der Spanier, der seine Höflichkeit zurückgewonnen hatte, antwortete steif: »Sie haben ganz recht. Auf meinen Befehl erscheint der Sklave an der Stelle, wo Sie ihn sahen. Das heißt, wenn ich mich zur bestimmten Stunde hier aufhalte, hat er dazustehen und zu warten, bis ich komme.«

»Na, entschuldigen Sie, aber das nenn ich, den armen Wicht wirklich als Exkönig behandeln! Ach, Don Benito«, fuhr er lächelnd fort, »bei aller Freiheit, die Sie in einigen Dingen gestatten, fürchte ich, daß Sie im Grunde ein recht harter und gestrenger Herr sind.«

Wieder schrak Don Benito zusammen, aber diesmal, wie es dem anderen schien, als habe ihm wirklich das Gewissen geschlagen.

Die Unterhaltung nahm eine gezwungene Form an. Vergeblich lenkte Kapitän Delano die Aufmerksamkeit auf die nun schon spürbare Bewegung des Kiels, der sanft die Fluten teilte; Don Benito antwortete mit glanzlosem Auge und nur mit knappen, zurückhaltenden Worten.

Allmählich trieb der Wind, der sich beständig verstärkt hatte und noch immer richtig hafenwärts wehte, die ›San Dominick‹ flott vorwärts. Als sie eine Landspitze umsegelte, kam in einiger Entfernung der Robbenfänger in volle Sicht.

Inzwischen war Kapitän Delano wieder an Deck gegangen und einige Zeit dort geblieben. Er änderte den Kurs des Schiffes, so daß es einen großen Bogen um das Riff beschrieb, und ging dann wieder für ein paar Augenblicke in die Kajüte.

Diesmal will ich meinen armen Freund aber aufheitern, dachte er.

»Besser und besser, Don Benito«, rief er beim Eintreten vergnügt, »bald werden Ihre Sorgen, wenigstens für ein Weilchen behoben sein. Sie wissen ja, wenn der Anker nach langer und trostloser Fahrt im Hafen fällt, scheint sein ganzes Gewicht dem

Schiffer vom Herzen zu fallen. Wir kommen großartig vorwärts, Don Benito. Mein Schiff ist schon in Sicht. Da liegt es, vollständig getakelt! Meine gute ›Bachelor's Delight‹! Ach, wie dieser Wind einen aufmöbelt! Hören Sie, heute abend müssen Sie eine Tasse Kaffee bei mir trinken. Mein alter Steward wird Sie ihnen so köstlich zubereiten, daß kein Sultan je etwas Besseres bekam. Was sagen Sie dazu, Don Benito – haben Sie Lust?«

Im ersten Augenblick schaute der Spanier fieberhaft auf und schickte einen sehnsüchtigen Blick nach dem Robbenfänger; aber mit stummer Bedeutung sah ihm sein Diener ins Antlitz. Plötzlich überfiel ihn wieder der alte Schüttelfrost, und schweigend sank er in die Kissen zurück.

»Sie antworten mir ja nicht. Sehen Sie, den ganzen langen Tag waren Sie mein Gastgeber – ist es Ihr Wille, daß die Gastfreundschaft einseitig bleibt?«

»Ich kann nicht kommen«, war die Antwort.

»Wie? Ich will Sie nicht quälen. Die Schiffe werden so nahe beieinander liegen, wie es sich machen läßt, ohne daß sie sich beschädigen. Dann ist es kaum mehr als ein Schritt von Deck zu Deck, fast wie von Zimmer zu Zimmer. Kommen Sie, kommen Sie – Sie dürfen mir meine Bitte nicht abschlagen.«

»Ich kann nicht kommen«, wiederholte Don Benito abweisend und endgültig.

Er schien jetzt auch das letzte Gefühl für Anstand

zu vergessen, brütete starr vor sich hin, biß sich die Fingernägel blutig und blickte, vielmehr stierte ungehalten auf seinen Gast, als hindere ihn die Gegenwart eines Fremden, sich seiner krankhaften Stimmung ungestört hinzugeben. Mittlerweile drang das Geräusch der geteilten Wasser immer lauter, gurgelnd und plätschernd durch die Fenster herein; es schien ihm seine trübe Laune vorzuwerfen oder ihm zu verkünden, daß sich die Natur kein Tüttelchen darum kümmere, wie mürrisch oder gar toll er sich gebärde: an wem lag es denn schließlich?

Die üble Stimmung hatte jetzt ihre unterste, der günstige Wind aber seine höchste Stufe erreicht.

Es lag etwas im Benehmen des Mannes, was über jede bloße Unhöflichkeit oder früher geäußerte Bitternis soweit hinausging, daß sich selbst die verzeihende Gutmütigkeit seines Gastes nicht länger damit abfinden konnte. Unfähig, sich ein solches Verhalten zu erklären, konnte er auch die mit noch so übertriebener Verschrobenheit gepaarte Krankheit nicht als Entschuldigungsgrund gelten lassen. In dem Bewußtsein, daß nichts in seinem eigenen Verhalten dazu Veranlassung gegeben hatte, fühlte Kapitän Delano seinen Stolz erwachen. Er wurde nun seinerseits zurückhaltend. Aber dem Spanier schien alles gleichgültig zu sein. Daher verließ ihn Kapitän Delano wiederum und ging an Deck.

Das Schiff war jetzt weniger als zwei Meilen von

dem Robbenfänger entfernt. Dazwischen konnte man das Walboot dahinfliegen sehen.

Um es kurz zu machen: Bald lagen die beiden Fahrzeuge, dank der Geschicklichkeit des Lotsen, nachbarlich nebeneinander verankert.

Eigentlich war es Kapitän Delanos Absicht gewesen, Don Benito die Nebenumstände der Dienste, die er ihm erweisen wollte, zu erklären, bevor er auf sein eigenes Schiff zurückkehrte. Aber unter diesen Umständen wollte er keine neue Zurückweisung erleben und beschloß, da er die ›San Dominick‹ jetzt sicher vertäut wußte, sie sofort zu verlassen, ohne nochmals auf Gastfreundschaft oder Geschäfte zurückzukommen. Seine Pläne stellte er vorläufig zurück und würde den künftigen Umständen entsprechend handeln. Sein Boot lag bereit, ihn aufzunehmen; aber sein Gastgeber säumte noch in der Kajüte. ›Nun‹, dachte Kapitän Delano, ›wenn er so wenig Erziehung besitzt, muß ich ihm um so mehr die meinige zeigen.‹ Er ging in die Kajüte hinunter, um dem Spanier ein förmliches, wenn auch vielleicht von einem stillen Vorwurf begleitetes Lebewohl zu entbieten. Aber zu seiner großen Befriedigung erhob sich jetzt Don Benito, auf seinen Diener gestützt, von seinem Sitz, als beginne er zu fühlen, daß sein gekränkter Gast nicht ohne Würde Vergeltung üben wolle. Kapitän Delanos Rechte ergreifend, stand er zitternd da, viel zu aufgeregt, um sprechen zu können. Aber die guten Vorzeichen, die sich aus seinem Betragen entnehmen ließen, wurden jählings zerstört, als er in seine frühere Verschlossenheit zurücksank, den Blick noch finsterer als vorher abwandte und sich stumm wieder auf seine Kissen setzte. Mit entsprechend abgekühlten Gefühlen verbeugte sich Kapitän Delano und ging.

Kaum befand er sich in der Mitte des Verbindungsganges, der dunkel wie ein Tunnel von der Kajüte zu den Treppen führte, als ihm ein Klang wie vom Armesünderglöckchen in einem Kerkerhofe ins Ohr drang. Es war das Läuten der geborstenen Schiffsglocke, die die Stunde schlug, das in dem unterirdischen Gewölbe traurig widerhallte. Sogleich erfüllten abergläubische Vorstellungen unwiderstehlich seinen für Vorahnungen empfänglichen Geist. Er stand still. In Bildern, viel geschwinder als diese Sätze, stürmten die kleinsten Einzelheiten all seiner früheren Bedenken auf ihn ein.

In seiner Gutgläubigkeit war er bisher allzu geneigt gewesen, Entschuldigungen für seine begründeten Besorgnisse zu finden. Warum achtete der sonst so übertrieben förmliche Spanier jetzt den einfachsten Anstand so gering, daß er seinen Gast scheiden ließ, ohne ihm das Geleit zu geben? Verbot ihm das seine Unpäßlichkeit? Sie hatte ihm schließlich manche heiklere Aufgabe dieses Tages nicht verboten! Sein zweideutiges Benehmen von vorhin fiel ihm wieder ein. Er hatte sich erhoben, die Hand seines Gastes ergriffen und eine Bewegung nach seinem Hute gemacht; dann aber war er in einem einzigen Augenblick wieder in sein düsteres Hindämmern versunken. Ließ sich daraus auf ein kurzes reumütiges Nachgeben in letzter Minute vor einem furchtbaren Verrat und auf ein unmittelbar folgendes Zurücksinken in die alte Gewissenlosigkeit schließen? Sein letzter Blick schien ein trauriges, dabei jedoch ergebenes Lebewohl für immer an Kapitän Delano ausdrücken zu sollen. Warum hatte er die Einladung, an diesem Abend den Robbenfänger zu besuchen, abgelehnt? Oder gebrach es dem Spanier an der Härte jenes Juden, der sich nicht gescheut hatte, mit dem Manne zu Abend zu speisen, den er in derselben Nacht verraten wollte? Was hatten alle Rätsel und Widersprüche dieses ganzen Tages zu bedeuten, wenn sie nicht ein getarntes Vorspiel eines hinterlistigen Anschlages waren? Atufal, der angebliche Rebell und doch so gewissenhafte Schatten, lauerte in diesem Moment draußen auf der Schwelle. Eine Schildwache, oder mehr. Hatte ihn nicht Don Benito – nach eigenem Geständnis – dort aufgestellt? Wartete der Neger jetzt auf sein Opfer? Den Spanier hinter sich, seine Kreatur vor sich, hatte Kapitän Delano keine andere Wahl, als vom Dunkeln ins Helle zu eilen.

Im nächsten Augenblick war er, mit zusammengebissenen Zähnen und geballten Fäusten, an Atufal vorbeigestürmt – und stand unversehrt im Licht. Friedlich und beinahe in Rufweite, sah er sein schmuckes Schiff vor Anker liegen; das zu seinem Hause gehörende Boot mit den vertrauten Gesichtern schaukelte neben der ›San Dominick‹ geduldig auf den kurzen Wellen; über die Decks hinwegblickend, sah er die Wergzupfer noch immer ernst ihre Hände regen und hörte das gedämpfte Summen und Brummen der Beilputzer, die noch immer ihrer nicht endenwollenden Tätigkeit oblagen; er sah – vor allem anderen – das freundliche Schauspiel der Natur, die still in den Abendfrieden einging, die verschleierte Sonne am Westhimmel, die wie das sanfte Licht aus Abrahams Zelt schimmerte; er sah und hörte mit verzaubertem Auge und Ohr dies alles einschließlich der Gestalt des gefesselten Schwarzen: und der Krampf seiner Kiefer und Fäuste löste sich. Wieder einmal belächelte er die Schemen, die ihn genarrt hatten, und verspürte etwas wie einen Gewissensbiß, weil er einen Augenblick an sie geglaubt und damit wie ein Atheist an der ewigwachen Vorsehung gezweifelt hatte.

Mehrere Minuten vergingen, in denen das Boot seinem Befehl gemäß längsseit zum Fallreep geholt wurde. In dieser Zeitspanne beschlich ihn so etwas wie eine traurige Genugtuung, wenn er der freundlichen Dienste gedachte, die er heute einem Fremden geleistet hatte. ›Ach ja‹, dachte er, ›nach einer guten Tat hat man doch immer, wie undankbar sich der Betroffene auch zeigen möge, ein gutes Gewissen.‹

Jetzt setzte er, um in sein Boot hinabzusteigen, den Fuß auf die oberste Sprosse der Leiter, wobei sein Gesicht dem Deck zugekehrt war. In diesem Augenblick hörte er höflich seinen Namen rufen und sah angenehm überrascht Don Benito nahen, dessen Blick ungewohnte Tatkraft ausstrahlte, als wolle er sich in letzter Minute für sein häßliches Benehmen von vorhin entschuldigen. In plötzlicher Aufwallung zog Kapitän Delano seinen Fuß zurück und ging Don Benito entgegen. Der unruhige Eifer des Spaniers steigerte sich, doch plötzlich erlahmte seine Kraft. Um ihn besser stützen zu können, legte sich der Diener die Hand seines Herrn auf die nackte Schulter, hielt sie dort fest und war so gleichsam eine Krücke für ihn.

Als sich die beiden Kapitäne gegenüberstanden, ergriff der Spanier nochmals leidenschaftlich die Hand des Amerikaners und sah ihm gleichzeitig tief ins Auge; er war jedoch zu bewegt, um sprechen zu können.

›Ich habe ihm unrecht getan‹, dachte Kapitän Delano mit einem Selbstvorwurf; ›seine scheinbare Kälte hat mich getäuscht. In keinem einzigen Augenblick hat er mich beleidigen wollen.‹

Unterdes schien sich der Diener, als fürchte er,

daß die Fortsetzung der Szene seinen Herrn zu sehr anstrengen könne, ängstlich zu bemühen, ihr ein Ende zu machen. Seinem Herrn weiterhin als Krücke dienend, näherte er sich zwischen den beiden Kapitänen dem Fallreep. Don Benito wollte, gleichsam in sanfter Zerknirschung, Kapitän Delanos Hand nicht loslassen, sondern behielt sie über den Körper des Schwarzen hinweg in der seinen.

Gleich darauf standen sie an der Reling und sahen in das Boot hinunter, dessen Mannschaft voll Neugier zu ihnen aufblickte. Kapitän Delano, verlegen geworden, wartete noch einen Augenblick, daß der Spanier seine Hand losließe; dann hob er den Fuß, um die Schwelle des geöffneten Fallreeps zu überschreiten. Aber Don Benito wollte seine Hand noch immer nicht freigeben. Endlich sagte er in erregtem Ton: »Weiter kann ich nicht mitgehen; hier muß ich von Ihnen Abschied nehmen. Leben Sie wohl, mein lieber, lieber Don Amasa. Gehen Sie – gehen Sie!« Seine Hand losreißend, fuhr er fort: »Gehen Sie – und Gott möge Sie besser bewahren als mich, mein bester Freund!«

Von diesen Worten bewegt, wollte Kapitän Delano noch zögern; doch fing er den sanft mahnenden Blick des Dieners auf. So verabschiedete er sich rasch und kletterte in sein Boot, von den nicht endenwollenden Abschiedsgrüßen Don Benitos, der wie angewurzelt am Fallreep stand, begleitet.

Kapitän Delano ließ sich im Heck nieder, grüßte noch einmal hinauf und gab den Befehl zur Abfahrt. Die Mannschaft hatte die Ruder ergriffen. Die Bugmänner stießen das Boot ab, bis genügend Abstand war, so daß die Ruder längsseit eingetaucht werden konnten. In diesem Augenblick sprang Don Benito über die Reling und fiel zu Kapitän Delanos Füßen nieder. Gleichzeitig rief er etwas zum Schiff hinüber; doch waren seine Worte so unklar, daß ihn niemand im Boot verstehen konnte. Drei Matrosen aber, die weniger begriffsstutzig zu sein schienen, stürzten sich von drei verschiedenen Stellen des Schiffes ins Meer und schwammen auf ihren Kapitän zu, als ob sie ihn retten wollten.

Der Offizier im Boot fragte bestürzt, was dies zu bedeuten habe. Darauf blickte Kapitän Delano den unberechenbaren Spanier mit verächtlichem Lächeln an und antwortete, daß er es weder wisse noch daran interessiert sei. Allerdings habe es den Anschein, als ob Don Benito sich in den Kopf gesetzt hätte, bei seinen Leuten den Eindruck zu erwecken, daß das Boot ihn entführen wolle. »Vorwärts – es geht um euer Leben!« fügte er wild hinzu, da ihn ein wirres Getöse vom Schiff her, vom Totengeläut der Beilputzer übertönt, erschreckte. Don Benito an der Gurgel packend, fuhr er fort: »Dieser heimtückische Pirat sinnt Mord!« Und als wollte er seine Worte bestätigen, erschien der Diener, einen Dolch in der

Hand, oben an der Reling. Er schickte sich an hinunterzuspringen, vermutlich um seinem Herrn bis zuletzt in verzweifelter Treue beizustehen. Inzwischen versuchten die drei weißen Matrosen, die offenbar dem Schwarzen helfen wollten, ins Boot zu klettern. Der gesamte Negerschwarm hing, anscheinend erregt beim Anblick seines in Gefahr befindlichen Kapitäns, wie eine schwarze Lawine über den Schanzkleidern.

All diese und die folgenden Vorgänge spielten sich mit solcher Geschwindigkeit ab, daß Vergangenheit, Gegenwart und Zukunft eins geworden zu sein schienen.

Kapitän Delano hatte den Neger kommen sehen und den Spanier im gleichen Augenblick, da er ihn umklammerte, zur Seite gestoßen. Durch die unwillkürliche Veränderung seiner Stellung vermochte er mit seinen emporgeworfenen Armen den herabspringenden Neger behende zu packen, dessen Dolch auf Kapitän Delanos Herz gerichtet war und seine eigentliche Absicht zu verraten schien. Die Waffe wurde ihm jedoch entwunden und der Angreifer selbst auf die Bootsplanken geschmettert, während das Boot, dessen Ruderer jetzt unbehindert waren, über das Meer jagte.

In diesem kritischen Moment ergriff Kapitän Delano mit der Linken wieder den halb zusammengesunkenen Don Benito, unbekümmert darum, daß dieser erschöpft und stumm war. Zugleich hielt er mit dem rechten Fuß den niedergestreckten Neger am Boden. Mit dem rechten Arm drückte er auf das Achterruder, um die Fahrt des Schiffes zu beschleunigen, und trieb, den Blick nach vorn gerichtet, seine Männer zu äußerster Eile an.

Der Offizier des Bootes, der die schwimmenden Matrosen endlich abgewehrt hatte und, mit dem Gesicht nach achtern, dem Bugmann am Ruder half, rief plötzlich Kapitän Delano zu, daß er auf den Schwarzen achtgeben solle. Gleichzeitig machte ihn ein portugiesischer Ruderer darauf aufmerksam, daß ihm der Spanier etwas zu sagen habe.

Mit einem Blick nach unten sah Kapitän Delano, daß der Neger eine Hand freibekommen hatte und einen zweiten kleineren Dolch schwang, den er in seinem Wollhaar versteckt hatte; wie eine Schlange wand er sich und zielte mit rachsüchtig verzerrtem Gesicht, das den ganzen Sinn seines Vorhabens offenbarte, auf das Herz seines Herrn. Der halb bewußtlose Spanier wich vergeblich zurück und stammelte heisere Worte, die von niemand als dem Portugiesen verstanden wurden.

In diesem Augenblick brach über den so lange umdunkelten Geist Kapitän Delanos eine unerwartete Helle herein, die ihm mit einem Schlag alles enthüllte: seines Gastgebers geheimnisvolles Gebaren, jedes rätselhafte Geschehnis des Tages und alles, was vorher auf der ›San Dominick‹ vorgefallen war. Er schlug die Hand Babos nieder; aber sein eigenes Herz schlug ihn härter. Voll unendlichen Mitleids löste er den Griff vom Halse Don Benitos. Denn diesen, nicht aber Kapitän Delano hatte der Schwarze bei seinem Sprung ins Boot erstechen wollen.

Kapitän Delano, dem jetzt die Schuppen von den Augen gefallen waren, hielt beide Handgelenke des Schwarzen umspannt und blickte wieder zur ›San Dominick‹ hinüber. Das zuchtlose Durcheinander war nicht etwa leidenschaftliche Anteilnahme am Schicksal Don Benitos; das Schiffsvolk, das seine Maske hatte fallen lassen, befand sich, Beile und Messer schwingend, in wildem, seeräuberischem Aufruhr. Wie rasende schwarze Derwische tanzten die sechs Aschanti auf dem Achterdeck. Von ihren Feinden gehindert, ins Wasser zu springen, hasteten die spanischen Schiffsjungen zu den höchsten Spieren hinauf, indes einige der weniger gewandten spanischen Matrosen, wofern sie noch nicht im Wasser schwammen, sich an Deck hilflos von den Schwarzen umzingeln ließen und zwischen ihnen verschwanden.

Nun rief Kapitän Delano sein eigenes Fahrzeug an und befahl, die Stückpforten zu öffnen und die Geschütze auszurennen. Das Ankertau der ›San Dominick‹ war jedoch bereits zerschnitten; das ausschlagende lose Tauende fegte die leinene Umhüllung des Schiffsschnabels hinweg und offenbarte jäh, als der ausgebleichte Schiffsrumpf gegen das Meer drehte, als Galionsfigur den Tod: ein menschliches Skelett – eine kreideweiße Erklärung der mit Kreide darunter gesetzten Worte: ›Folgt eurem Führer!‹ Bei diesem Anblick bedeckte Don Benito sein Gesicht mit den Händen und stöhnte: »Er ist's – Aranda, mein gemordeter, unbestatteter Freund!«

Bei dem Robbenfänger angekommen, rief Kapitän Delano nach Stricken und ließ den Neger, der keinen Widerstand leistete, fesseln und an Bord bringen. Dann wollte er dem völlig erschöpften Don Benito an der Schiffsseite hinaufhelfen; aber dieser, so hilflos er war, weigerte sich entschieden, seinen Platz zu verlassen, ehe der Neger aus seinen Augen und unter Deck gebracht wäre. Als er sich überzeugt hatte, daß es geschehen war, hatte er nichts mehr dagegen, an Bord zu gehen.

Das Boot wurde sogleich zurückgeschickt, um die drei schwimmenden Matrosen aufzufischen. Inzwischen wurden die Kanonen in Stellung gebracht; weil die ›San Dominick‹ jedoch schon achteraus an dem Robbenfänger vorbeigeglitten war, konnte nur die letzte das Ziel erreichen. Mit dieser wurde sechsmal gefeuert, in der Hoffnung, das flüchtige Schiff durch Herunterholen der Spieren hilflos zu machen. Jedoch nur einige belanglose Taue wurden weggeschossen. Bald hatte das Schiff die Bucht hinter sich und befand sich außer Reichweite der Kanone. Die Schwarzen, die sich dicht um das Bugspriet geschart hatten, stießen bald höhnische Rufe gegen die Weißen aus, bald begrüßten sie mit aufgeworfenen Armen die jetzt in Dämmerung versinkenden Weiten des Ozeans – krächzende Krähen, die der Hand des Vogelstellers entrannen.

Im ersten Eifer wollte man den Anker lichten und die Jagd aufnehmen. Nach einigem Überlegen hielt man es indes für aussichtsreicher, das Schiff mit Walboot und Jolle zu verfolgen.

Auf Kapitän Delanos Frage, über welche Feuerwaffen die ›San Dominick‹ verfüge, antwortete Don Benito, daß keine brauchbaren vorhanden seien; denn zu Anfang der Meuterei habe ein inzwischen verstorbener Passagier die Schlösser der wenigen vorhandenen Musketen zerstört. Mit allen ihm verbliebenen Kräften beschwor Don Benito jedoch den Amerikaner, die Jagd weder mit dem Schiff noch mit dem Boot aufzunehmen; denn die Neger hätten sich bereits als solche Verbrecher gezeigt, daß sich im Falle eines Angriffs nur die völlige Niedermetzelung der Weißen voraussehen ließe. Allerdings gab der Amerikaner auf Grund dieser Warnung, die ihm von einem so durch Elend zermürbten Geist erteilt wurde, seine Absicht nicht auf.

Die Boote wurden instand gesetzt und mit Waffen ausgerüstet. Kapitän Delano befahl, sie zu bemannen. Er wollte selbst gehen, als ihn Don Benito am Ärmel festhielt.

»Wie, Señor, haben Sie mir das Leben gerettet, um das Ihre in die Schanze zu schlagen?«

Auch die Offiziere widersetzten sich der Absicht ihres Befehlshabers, aus Gründen, die ihr eigenes Wohl, die Belange der Reise und seine Verpflichtung gegenüber seinen Reedern angingen. Einen Augenblick erwog Kapitän Delano ihre Vorhaltungen; dann sah er ein, daß er zum Bleiben verpflichtet war. Er übergab den Oberbefehl seinem Ersten Maat, einem athletischen und sehr entschlossenen Manne, der auf einem Kaperschiff gedient hatte. Um die Matrosen noch mehr anzuspornen, ließ man sie wissen, daß der spanische Kapitän sein Schiff so gut wie verloren gebe, und daß es mit seiner gesamten Ladung, die auch Gold und Silber einschließe, mehr als tausend Dublonen wert sei. Wofern sie das Schiff nähmen, könnten sie alle mit einem beträchtlichen Anteil rechnen. Die Matrosen antworteten mit lautem Jubel.

Die Flüchtlinge hatten nun beinahe die offene See erreicht. Die Nacht brach herein; aber der Mond befand sich im Steigen. Nach langem und hartem Rudern kamen die Boote in den Bereich des Schiffes; in angemessenem Abstand zogen die Matrosen die Ruder ein, um ihre Gewehre abzufeuern. Die Neger antworteten nicht mit Kugeln, sondern mit gellendem Geschrei. Aber nach der zweiten Salve schleuderten sie nach Indianerart ihre Beile. Eines hackte einem Matrosen die Finger ab. Ein anderes traf den Bug des Walbootes und zerschnitt dort ein Tau; dann blieb es wie die Axt eines Holzfällers im Dollbord haften. Der Maat riß es heraus und schleuderte es zurück. Der zurückkehrende Fehdehandschuh traf die schadhafte Heckgalerie und blieb dort stekken.

Der heiße Empfang, den ihnen die Neger bereiteten, hielt die Weißen in achtungsvoller Entfernung. Außerhalb des Bereiches der wirbelnden Beile, suchten sie die Schwarzen im Hinblick auf ein bevorstehendes Handgemenge zu verlocken, sich selbst ihrer im Nahkampf gefährlichsten Waffen zu berauben, die, da sie ihr Ziel nicht erreichten, als nutzlose Geschosse ins Meer sanken. Aber bald durchschauten die Neger diese Kriegslist und stellten das Beilwerfen ein, allerdings erst, als viele ihre verlorenen Beile durch Hebebäume ersetzen mußten. Dieser Tausch zeigte sich schließlich, wie vorausgesehen, für die Angreifer günstig.

Indes teilte das Schiff bei kräftigem Winde noch immer die Flut; eins nach dem anderen fielen die Boote zurück und mußten herangerudert werden, damit neue Salven abgefeuert werden konnten.

Das Feuer war vorwiegend gegen das Heck gerichtet, weil die Neger jetzt hauptsächlich dort versammelt waren. Man bezweckte indessen nicht, sie zu töten oder zu Krüppeln zu schießen; denn es galt, das Schiff zu nehmen und die Neger zu Gefangenen zu machen. Um dies zu erreichen, mußte man das Schiff entern, was sich jedoch, solange es so schnell segelte, von den Booten aus nicht bewerkstelligen ließ.

Da kam dem Maat ein Gedanke. Als er bemerkte, daß sich die spanischen Schiffsjungen noch immer hoch oben auf den Masten hielten, befahl er ihnen, zu den Rahen herunterzusteigen und die Segel loszuschneiden. Dies geschah. Um diese Zeit wurden aus Gründen, die später erklärt werden, zwei Spanier in Matrosenkleidung, die sich besonders bemerkbar machten, getötet. Allerdings erlagen sie nicht den Salven, sondern gezielten Einzelschüssen. In der allgemeinen Beschießung wurde, wie sich später herausstellte, auch der Neger Atufal und der Spanier am Steuer getötet. Nachdem das Schiff Segel und Führer verloren hatte, konnte es von den Negern nicht mehr regiert werden.

Mit knarrenden Masten drehte es sich schwer nach dem Winde. Langsam schwenkte der Bug zu den Booten herum; das Skelett schimmerte in den waagrechten Strahlen des Mondes, und seine Rippen warfen einen riesigen Schatten aufs Wasser. Der ausgestreckte Arm des Gespenstes schien für die Weißen ein Ruf nach Rache.

»Folgt eurem Führer!« schrie der Maat, und die Boote legten an, eines an jeder Seite des Bugs. Robbenspeere und Entermesser kreuzten sich mit Beilen und Hebebäumen. Mittschiffs, auf dem Langboot zusammengedrängt, stimmten die Negerinnen ein Klagelied an, zu dem das Klirren des Stahls den Kehrreim bildete.

Eine Zeitlang schwankte der Angriff; die Neger hatten sich zusammengeschart, um ihn abzuschlagen. Die Matrosen, die noch nicht Fuß fassen konnten, kämpften wie Kavalleristen vom Sattel, ein Bein seitlich über das Schanzkleid geschwungen, das andere draußen herabhängend; sie gebrauchten ihre Entermesser wie Fuhrmannspeitschen. Aber vergebens. Sie wurden nahezu überwältigt. Doch dann schlossen sie sich zu einem Trupp zusammen und sprangen mit Hurra an Bord, wo sie sich unfreiwillig im Gedränge wieder trennen mußten. Einige Atemzüge lang war ein dumpfes, unterdrücktes Geräusch zu vernehmen, als ob ein Schwertfisch unter Wasser zwischen Schwärmen kleinerer Fische hin und her schießt. Bald jedoch wieder zur geschlossenen Truppe vereinigt und um die spanischen Matrosen vermehrt, gewannen die Weißen die Oberhand und drängten die Neger unwiderstehlich gegen das Heck zurück. Hier aber war zu beiden Seiten des Großmasts eine Barrikade aus Fässern und Säcken errichtet worden. Die Neger sammelten sich und hätten, obwohl sie von Frieden oder Waffenstillstand nichts wissen wollten, einen Aufschub willkommen geheißen. Aber ohne Pause schlossen sich die unermüdlichen Seeleute, nachdem sie die Sperre überrannt hatten, wieder zusammen. Die Schwarzen, die schon ermattet waren, fochten jetzt verzweifelt. Wie den Wölfen hingen ihnen ihre roten Zungen aus den schwarzen Mündern. Die bleichen Matrosen hatten die Zähne zusammengebissen. Kein Wort wurde gesprochen, und fünf Minuten darauf war das Schiff genommen.

Fast zwanzig Neger hatten ihr Leben verloren. Außer den von einer Kugel Getroffenen gab es viele Verstümmelte. Ihre Wunden, die zumeist von den langschneidigen Robbenspeeren herrührten, ähnelten den Schnittwunden, die die Engländer bei Preston Pans von den Sensen der Hochländer empfingen. Die andere Seite hatte keine Toten, aber mehrere Verletzte zu beklagen; unter den wenigen Schwerverwundeten befand sich der Maat. Die überlebenden Neger wurden einstweilen in Ketten gelegt, und das Schiff lag um Mitternacht abermals im Hafen vor Anker.

Wir übergehen die anschließenden Begebenheiten und Maßnahmen und sagen nur so viel, daß beide Schiffe nach zwei Tagen der Instandsetzung gemeinsam nach Concepción in Chile und von da weiter nach Lima in Peru segelten. Dort wurde die ganze Angelegenheit dem vizeköniglichen Gericht vorgelegt und eingehend untersucht.

Obgleich der unglückliche, jetzt des Zwanges ledige Spanier um die Mitte der Reise Zeichen wiederkehrender Gesundheit und Willenskraft zeigte, erlitt er, wie er selbst vorausgesagt hatte, vor der Ankunft in Lima einen Rückfall und war schließlich so geschwächt, daß er an Land getragen werden mußte. Als sich die Kunde von seinen Erlebnissen und Leiden verbreitet hatte, bot ihm eine der vielen religiösen Einrichtungen der Stadt der Könige Zuflucht an. Arzt und Priester wetteiferten in seiner Pflege, und ein Mitglied des Ordens erklärte sich freiwillig bereit, ihm bei Tag und Nacht als Wärter und Seelsorger zu dienen.

Die folgenden, aus einer amtlichen spanischen Urkunde übersetzten Auszüge werden hoffentlich Licht auf die vorstehende Erzählung werfen, zumal sie zunächst den wirklichen Ausgangshafen und die wahre Geschichte der ›San Dominick‹ bis zu ihrem Erscheinen vor der Insel St. Maria enthüllen.

Doch möge hier noch eine Bemerkung vorausgeschickt werden.

Die für eine teilweise Übersetzung unter vielen anderen ausgewählte Urkunde enthält die Aussage Benito Cerenos, der als erster Zeuge in dieser Sache vernommen wurde. Einige der darin enthaltenen Enthüllungen wurden damals aus theoretischen sowie natürlichen Gründen angezweifelt. Das Tribunal neigte zu der Ansicht, daß der Geist des Zeugen durch die kürzlichen Geschehnisse verwirrt sei und Dinge zusammenphantasiere, die sich niemals zugetragen haben konnten. Aber die nachfolgenden Aussagen der überlebenden Seeleute, die die Enthüllungen ihres Kapitäns in mehreren der seltsamsten Begleitumstände erhärteten, ließen auch das übrige glaubwürdig erscheinen. Infolgedessen stützte sich das Tribunal in seinem endgültigen Urteilsspruch auf Behauptungen, die es, wenn sie nicht bestätigt worden wären, pflichtgemäß hätte zurückweisen müssen.

Ich, Don José de Abos y Padilla, Seiner Majestät Notar für die Königlichen Einkünfte, Registrator dieser Provinz, amtlicher Notar des Ordens vom Heiligen Kreuzzug in diesem Bistum, usw.

bestätige und erkläre nach den Erfordernissen des Gesetzes, daß in der am 24. September des Jahres 1799 eröffneten Gerichtsverhandlung gegen die Neger des Schiffes ›San Dominick‹ folgende Erklärung vor mir abgelegt wurde:

Erklärung des ersten Zeugen, Don Benito Cereno.

Am genannten Tag dieses Monats und Jahres ersuchte Seine Gnaden, Doktor Juan Martinez de Rozas, Königlicher Audienzrat dieses Königreiches, der Gesetze dieses Amtes kundig, den Kapitän des Schiffes ›San Dominick‹, Don Benito Cereno, vor Gericht zu erscheinen. Dieser kam der Aufforderung in einer Sänfte, von dem Mönch Infelez begleitet, nach. Darauf wurde er im Namen Gottes, Unseres Herrn, unter dem Zeichen des Kreuzes vereidigt und versprach, über alles, was er wisse und wonach er befragt würde, wahrheitsgemäß auszusagen. Nach dem Tenor des Gesetzes zu Beginn der Verhandlung befragt, bekundete er, daß er am 20. Mai dieses Jahres mit seinem Schiff im Hafen von Valparaiso nach Callao unter Segel gegangen sei. Die Ladung habe aus den Erzeugnissen des Landes sowie dreißig Kisten Eisenwaren und hundertsechzig Schwarzen beider Geschlechter, meist im Besitz des Herrn Don Alexandro Aranda aus Mendoza, bestanden. Das Schiff sei mit sechsunddreißig Matrosen bemannt gewesen und habe außerdem einige Personen als Passagiere mitgeführt. Unter den Negern hätten sich folgende befunden:

(Im Original folgt hier eine Liste von etwa fünfzig Namen, mit Beschreibungen und Altersangaben, gewissen Schriftstücken Don Arandas und Erinnerungen des Zeugen entnommen, von der hier nur Auszüge gegeben werden.)

Ein achtzehn oder neunzehn Jahre alter Neger namens José, Don Alexandros Diener; spricht gut Spanisch, da er ihm vier bis fünf Jahre diente ...

Ein Mulatte namens Francesco, Kajütensteward, von einnehmendem Äußeren und mit angenehmer Stimme; er hatte in den Kirchen von Valparaiso gesungen, ist in der Provinz Buenos Aires geboren und ungefähr fünfunddreißig Jahre alt ... Ein stattlicher Neger namens Dago, der viele Jahre bei den Spaniern als Totengräber gedient hatte, sechsundvierzig Jahre alt ... Vier greise Neger, in Afrika geboren, sechzig bis siebzig Jahre alt, doch gesund, von Beruf Kalfaterer, mit folgenden Namen: der erste hieß Muri und wurde getötet (wie auch sein Sohn Diamelo); der zweite Nacta; der dritte Yola, wurde ebenfalls getötet; der vierte Ghofan ... Sechs erwachsene Neger, dreißig bis fünfundvierzig Jahre alt, sämtlich wild, unter den Aschanti geboren: Matinqui, Yau, Lecbe, Mapenda, Yambaio, Akim; vier von ihnen wurden getötet ... Ein riesiger Neger namens Atufal, angeblich vormals Häuptling in Afrika, von seinem Eigentümer sehr geschätzt. ... und ein kleiner Senegalneger, der jedoch einige Jahre unter den Spaniern gelebt hat, ungefähr dreißig Jahre alt; er hieß mit seinem Negernamen Babo ... Der Namen weiterer Neger kann sich der Zeuge nicht erinnern; aber da er erwartet, daß sich der Rest der Papiere Don Alexandros noch findet, will er sich sodann ordnungsgemäß über alle unterrichten und sie dem Gericht mitteilen .... und neununddreißig Frauen und Kinder in allen Lebensaltern.

(Hiermit ist die Liste abgeschlossen, und die Aussage geht weiter.)

... Alle Neger schliefen, wie in dieser Schiffahrt üblich, an Deck und trugen keine Fesseln, weil ihm ihr Eigentümer, sein Freund Aranda, gesagt hatte, sie seien alle umgänglich... Am siebenten Tage nach Verlassen des Hafens, um drei Uhr morgens, als alle Spanier, außer den beiden wachhabenden Offizieren, dem Bootsmann Juan Robles und dem Zimmermann Juan Bautista Gayete sowie dem Steuermann und seinem Jungen, noch schliefen, meuterten die Neger plötzlich, verletzten den Bootsmann und den Schiffszimmermann lebensgefährlich und töteten nacheinander achtzehn der an Deck schlafenden Matrosen, die einen mit Hebebäumen und Beilen, die anderen, indem sie sie banden und lebend über Bord warfen; von den Spaniern an Deck ließen sie nur sieben am Leben und banden sie, da sie, wie er meint, das Schiff lenken sollten; außerdem blieben noch drei oder vier weitere, die sich versteckt hielten, am Leben. Obgleich die aufständischen Neger die Luke besetzt hielten, gingen sechs oder sieben Verwundete zum Verbandplatz, ohne von den Negern daran gehindert zu werden. Während des Aufruhrs versuchten der Maat und eine andere Person, deren Name ihm nicht einfällt, durch die Luke heraufzukommen; aber sie wurden sogleich verwundet und dadurch genötigt, in die Kajüte zurückzukehren. Bei Tagesanbruch beschloß der Zeuge, die Kajütentreppe hinaufzusteigen, wo sich der Rädelsführer, der Neger Babo, und sein Helfershelfer Atufal befanden. Er sprach zu ihnen, ermahnte sie, von weiteren Greueln abzusehen, und fragte sie, was sie wünschten und vorhätten; er erbot sich selbst, ihren Befehlen zu gehorchen. Desungeachtet warfen sie vor seinen Augen drei gebundene Männer lebend über Bord. Sie sagten dem Zeugen, er solle heraufkommen, sie würden ihn nicht töten. Als es geschehen, fragte ihn der Neger Babo, ob es in diesen Himmelsstrichen Negerländer gebe, wohin sie fahren könnten, was er verneinte. Später sagte ihm der Neger Babo, daß er sie nach Senegal oder den nahen St.-Nikolaus-Inseln führen solle. Er antwortete, daß dies wegen der weiten Entfernung, der Notwendigkeit, Kap Horn zu umsegeln, der schlechten Verfassung des Schiffes und des Mangels an Vorräten, Segeln und Trinkwasser unmöglich sei. Der Neger Babo entgegnete, er müsse sie irgendwie dorthin bringen; sie würden alles tun und sich allem fügen, was der Zeuge bezüglich des Essens und Trinkens vorschreibe. Nach einer langen Unterredung sah er sich durchaus gezwungen, ihnen zu willfahren, weil sie drohten, ihn und alle Weißen umzubringen, wenn sie nicht unter allen Umständen nach Senegal gebracht würden. Darauf sagte er ihnen, daß sie unterwegs nichts dringender nötig hätten als Trinkwasser, und daß sie in die Nähe der Küste segeln müßten, um sich damit zu versehen, und dann die Reise fortsetzen könnten. Damit war der Neger Babo einverstanden. Der Zeuge steuerte das Schiff in Richtung der benachbarten Häfen, da er hoffte, einem spanischen oder ausländischen Schiff zu begegnen, das sie befreien würde. Binnen zehn oder elf Tagen sahen sie Land und setzten ihren Kurs längs der Küste unweit Nasca fort. Der Zeuge bemerkte, daß die Neger jetzt unruhig und aufsässig wurden, weil sie glaubten, daß er das Einnehmen des Wassers hinauszögere. Der Neger Babo verlangte unter Drohungen, daß dies unbedingt am nächsten Tage geschehen müßte. Er sagte ihm, daß die Küste zu steil zum Anlegen sei, daß man die auf den Karten verzeichneten Flüsse nicht finden könne, und führte weitere den Umständen entsprechende Gründe an. Er fuhr fort, daß es am besten sei, zur Insel St. Maria zu segeln, weil diese Insel einsam sei und man dort bequem Wasser haben könne, weshalb auch die Ausländer oft dorthin gingen. Der Zeuge wollte nicht nach dem näheren Pisco oder einem anderen Küstenhafen segeln, weil ihm der Neger Babo zu verstehen gab, daß er alle Weißen augenblicklich töten würde, wenn längs der Gestade, zu denen er sie führte, eine Stadt oder sonstige Ansiedlung in Sicht käme. Der Zeuge hatte die Insel St. Maria vorgeschlagen, weil er versuchen wollte, unterwegs oder in der Nähe der Insel selbst ein Schiff zu finden, das ihnen helfen würde, oder in einem Boot nach der nahen Küste von Arruco zu flüchten, um die nötigen Hilfsmittel zu erlangen. Dies wurde beschlossen und daraufhin Kurs auf die Insel genommen. Die Neger Babo und Atufal hielten täglich Beratungen ab und erörterten, was sie für ihren Plan, nach Senegal zu segeln, nötig hätten, und ob sie alle Spanier einschließlich des Zeugen niedermachen sollten. Acht Tage nach Verlassen der Küste von Nasca befand sich der Zeuge kurz nach Tagesanbruch auf Wache, als die Neger eine Besprechung abhielten und der Neger Babo zu ihm kam, um ihm seinen Entschluß mitzuteilen, seinen Herrn, Don Alexandro Aranda, zu töten; denn er und seine Gefährten seien ihrer Freiheit nicht sicher und könnten die Matrosen besser in Zucht halten, wenn diese eine Warnung bekämen, damit sie wüßten, was sie erwartete, wenn sie oder auch nur einer von ihnen Widerstand leisteten. Diese Warnung lasse sich am besten durch den Tod Don Alexandros geben. Was dies letztlich bedeutete, konnte der Zeuge um diese Zeit noch nicht verstehen, außer, daß Don Alexandros Tod beabsichtigt war. Weiter schlug der Neger Babo dem Zeugen vor, den Maat Raneds, der in der Kajüte schlief, heraufzuholen, ehe die Sache getan wurde; doch fürchtete der Zeuge, daß der Maat, der ein guter Seemann war, mit Don Alexandro und den anderen getötet werden sollte. Der Zeuge, der von Jugend auf Don Alexandros Freund gewesen war, bat und flehte; aber alles war vergebens, denn der Neger Babo antwortete ihm, daß die Sache nicht zu verhindern sei, und daß alle Spanier, die seinen Willen in diesem oder einem anderen Fall durchkreuzen wollten, ihr Leben aufs Spiel setzen. Nach diesem Wortwechsel rief der Zeuge den Maat Raneds, den man zwang, zur Seite zu gehen. Gleich darauf sandte der Neger Babo den Aschanti Matinqui und den Aschanti Lecbe, den Mord zu verüben. Die zwei gingen mit Beilen zur Koje Don Alexandros hinunter. Verstümmelt und noch am Leben, wurde er an Deck gezerrt. In diesem Zustand wollten sie ihn über Bord werfen, wurden aber von dem Neger Babo zurückgehalten. Er befahl, den Mord vor seinen Augen an Deck zu vollenden; dies geschah. Darauf wurde auf seinen Befehl die Leiche vorn unter Deck getragen. Drei Tage lang bekam der Zeuge nichts von der Sache zu sehen ... Don Alonzo Sidonia, ein alter, seit langem in Valparaiso ansässiger Mann, hatte einen Posten in Peru angenommen und sich dorthin begeben wollen. Zu dieser Zeit schlief er in der Koje, die der Don Alexandros gegenüberlag. Durch dessen Schreie erwacht und erschrocken, warf er sich beim Anblick der Neger mit den blutigen Beilen durch ein nahes Fenster ins Meer und ertrank, ohne daß es in der Macht des

Zeugen gelegen hätte, ihm zu helfen ... Kurz nach der Ermordung Don Alexandros schleppten sie seinen Vetter, einen Mann in mittleren Jahren, Don Francisco Masa aus Mendoza, an Deck, ferner den jungen Don Joaquin Marqués de Aramboalaza, kürzlich aus Spanien gekommen, mit seinem spanischen Diener Ponce, den drei jungen Schreibern Arandas, José Morairi, Lorenzo Bargas und Hermenegildo Gandix, alle aus Cadiz. Don Joaquin und Hermenegildo Gandix sparte der Neger Babo aus Gründen auf, die später erklärt werden; aber Don Francisco Masa, José Morairi und Lorenzo Bargas mit dem Diener Ponce, ferner den Bootsmann Juan Robles und die Maate Manuel Viscaya und Roderigo Hurta und vier Matrosen, die keinen Widerstand leisteten und lediglich um Gnade baten, ließ der Neger Babo lebend ins Wasser werfen. Der Bootsmann Juan Robles, der schwimmen konnte, hielt sich am längsten über Wasser; er zeigte sich bußfertig und bat mit seinen letzten Worten, vor Unserer Hilfreichen Mutter Messen für seine Seele lesen zu lassen ... Während der nächsten drei Tage fragte der Zeuge, in Ungewißheit über das Schicksal der Überreste Don Alexandros, mehrfach den Neger Babo nach deren Verbleib, und ob sie, falls sie noch an Bord wären, für eine Bestattung an Land aufgehoben würden. Er bat ihn außerdem, dies zu veranlassen. Bis zum vierten Tage ließ ihn der Neger

Babo ohne Antwort; als der Zeuge bei Sonnenaufgang an Deck kam, zeigte ihm der Neger Babo ein Skelett, das die ursprüngliche Galionsfigur des Schiffes, das Bild des Christoph Columbus, des Entdeckers der Neuen Welt, ersetzt hatte. Der Neger Babo fragte ihn, wessen Skelett das sei, und ob man es, nach seiner Weiße zu urteilen, nicht für das eines weißen Mannes halten solle. Als der Zeuge daraufhin sein Gesicht bedeckte, trat der Neger Babo noch näher an ihn heran und sagte etwa folgendes: »Haltet den Schwarzen von hier bis zum Senegal die Treue – sonst werdet Ihr im Geist, wie jetzt im Fleisch, Eurem Führer folgen«, und deutete dabei auf den Bug ... An demselben Morgen führte der Neger Babo die Spanier nacheinander zum Bug und fragte sie, wessen Skelett das sei, und ob man es, nach seiner Weiße zu urteilen, nicht für das eines weißen Mannes halten solle. Jeder Spanier bedeckte sein Antlitz. Dann wiederholte der Neger Babo jedem einzelnen die Worte, die er zuerst dem Zeugen gesagt hatte ... Dann mußten sie (die Spanier) sich achtern versammeln, und der Neger Babo hielt ihnen eine Ansprache des Inhalts, daß er jetzt alles getan habe. Der Zeuge (als Schiffer der Schwarzen) solle seinen Kurs fortsetzen; doch seien er und alle anderen gewarnt, daß sie – im Geist wie im Fleisch – den Weg Don Alexandros gehen würden, wenn sie (die Spanier) etwas gegen die Neger redeten oder ins

Werk setzten. Diese Drohung wurde Tag für Tag wiederholt. Vor den zuletzt erwähnten Vorfällen hatten sie den Koch gebunden, um ihn über Bord zu werfen, ohne daß bekannt war, was er gesagt haben sollte; schließlich aber schenkte ihm der Neger Babo auf Verlangen des Zeugen das Leben. Einige Tage später bat der Zeuge, der kein Mittel unversucht lassen wollte, den noch verbleibenden Weißen das Leben zu erhalten, die Neger um Ruhe und Frieden und erklärte sich bereit, ein Schriftstück auszustellen, das vom Zeugen und von den schreibkundigen Matrosen sowie von dem Neger Babo für ihn und alle Schwarzen unterzeichnet wurde, worin sich der Zeuge verpflichtete, sie nach dem Senegal zu führen, worauf sie versprachen, keinen weiteren Weißen zu töten, und worin er ihnen förmlich das Schiff samt der Ladung übereignete – was sie für diesmal befriedigte und beruhigte... Am nächsten Tage jedoch ließ Babo, der den Matrosen auf alle Fälle die Flucht unmöglich machen wollte, sämtliche Boote zerstören, bis auf das Langboot, das seeuntüchtig war, und einen Kutter in guter Verfassung, der, wie er wußte, noch für den Transport der Wasserfässer gebraucht wurde und den er in den Laderaum des Schiffes bringen ließ.

(Hier folgen verschiedene Einzelheiten der langen und schwierigen Reise, ergänzt durch Vorkommnisse während einer verhängnisvollen Flaute, woraus hier nur eine Stelle mitgeteilt sei:) Als am fünften Tage der Windstille alles an Bord sehr unter der Hitze und dem Wassermangel litt und fünf Personen in Wahnsinnsanfällen gestorben waren, waren die Neger gereizt und töteten wegen einer für verdächtig gehaltenen Gebärde, die tatsächlich ganz harmlos war, den Maat Raneds, als er dem Zeugen einen Quadranten übergab. Allerdings bedauerten sie es später, weil er außer dem Zeugen der einzige an Bord gewesen war, der sich auf die Seemannskunst verstanden hatte.

Unter Weglassung anderer Begebnisse, die sich tagtäglich ereigneten und die nur dazu dienen könnten, vergangene Mißhelligkeiten und Leiden heraufzubeschwören, kamen sie endlich nach einer dreiundsiebzigtägigen Reise, gerechnet von der Zeit des Absegelns von Nasca, in welcher sie nur über einen geringen Wasservorrat verfügten und von den oben erwähnten Flauten betroffen wurden, bei der Insel St. Maria an. Am 17. August um sechs Uhr abends ankerten sie dort unweit des amerikanischen Schiffes ›Bachelor's Delight‹, das in derselben Bucht lag und unter dem Befehl des großmütigen Kapitäns Amasa Delano stand. Aber schon um sechs Uhr morgens hatten sie den Hafen entdeckt, und die Neger beunruhigten sich, als sie in der Ferne das andere Schiff sahen, weil sie ein solches dort nicht erwartet hatten.

Der Neger Babo beschwichtigte sie, indem er ihnen versicherte, daß sie nichts zu fürchten brauchten. Schleunigst ließ er die Bugfigur mit Leinwand bedecken, als befände sie sich in Reparatur. Ferner ließ er die Decks etwas in Ordnung bringen. Eine Zeitlang besprachen sich der Neger Babo und der Neger Atufal miteinander. Atufal wollte lieber absegeln, aber der Neger Babo war dagegen und erwog bei sich, was zu veranlassen sei. Schließlich kam er zu dem Zeugen und schlug ihm vor, alles das zu sagen und zu tun, was der Zeuge dem amerikanischen Kapitän gesagt und getan zu haben erklärt.

Der Neger Babo warnte ihn, nicht im geringsten von der vorgeschriebenen Linie abzuweichen und weder durch Worte noch durch Blicke auch nur die kleinste Andeutung über die vergangenen Vorfälle oder die gegenwärtige Lage zu geben, weil er ihn und seine Gefährten sonst augenblicklich niedermachen würde. Dabei zeigte er ihm einen Dolch, den er an sich verborgen trug, und sagte etwas der Art, daß sein Dolch so schnell sei wie sein Auge. Dann legte der Neger Babo allen seinen Gefährten den Plan vor, dem sie zustimmten. Zur besseren Verschleierung des wahren Sachverhalts ersann er viele Mittel, die teilweise zugleich der Täuschung und der Verteidigung dienten. Hierher gehörte sein Einfall mit seinen Mordbuben, den sechs vorbenannten Aschanti. Diese postierte er auf dem Achterdeck, wo sie Beile aus den Kisten der Ladung angeblich reinigen, sie aber tatsächlich als Waffen gebrauchen und im Bedarfsfalle verteilen sollten, wenn er ihnen ein bestimmtes Zeichen gäbe. Ein anderer Einfall war, Atufal, seine rechte Hand, in Ketten vorzustellen, die er freilich in einem Augenblick fallen lassen konnte. Er unterwies den Zeugen im einzelnen, welche Rolle er in allen diesen Ränken zu spielen und welche Geschichte er bei jeder Gelegenheit zu erzählen hätte. Er drohte ihm mit sofortigem Tode, falls er im Geringsten davon abwiche. Da der Neger Babo vermutete, viele Neger würden sich aufsässig zeigen, bestimmte er die vier alten Kalfaterer, die Ordnung auf den Decks, soweit es in ihrer Macht stand, aufrechtzuerhalten. Wieder und wieder unterrichtete er die Spanier und seine Gefährten von seinen Absichten und Plänen sowie von der erfundenen Geschichte, die der Zeuge erzählen sollte. Er schärfte ihnen ein, daß niemand von der Geschichte abweichen dürfe. Diese Vorkehrungen wurden während der zwei oder drei Stunden zwischen dem Sichten des Schiffes und dem Erscheinen Kapitän Delanos an Bord getroffen. Das geschah ungefähr um halb acht Uhr morgens. Kapitän Delano kam in seinem Boot, und alle hießen ihn freudig willkommen. Dann spielte der Zeuge, soweit er sich dazu zwingen konnte, die Rolle des Haupteigentümers und freien Kapitäns seines Schiffes, erzählte, danach befragt, Kapitän Delano, daß er mit dreihundert Negern von Buenos Aires abgesegelt sei und nach Lima fahren wolle, daß auf der Höhe von Kap Horn und späterhin viele Neger am Fieber sowie alle Schiffsoffiziere und der größte Teil der Bemannung infolge ähnlicher Unbilden gestorben seien.

(In diesem Sinne geht die Aussage weiter. Umständlich wird die dem Zeugen von Babo vorgeschriebene erfundene Geschichte, wie sie der Zeuge an Kapitän Delano weitergab, wiederholt. Außerdem werden die freundlichen Angebote Kapitän Delanos samt anderen Dingen, die jedoch hier übergangen sind, erwähnt. Dann wird die Aussage fortgesetzt:)

Der großmütige Kapitän Delano blieb den ganzen Tag an Bord und verließ um sechs Uhr abends das vor Anker liegende Schiff. Der Zeuge erzählte ihm nach den vorerwähnten Richtlinien wieder von seinen vergangenen Leiden, ohne daß es in seiner Macht stand, ihn auch nur durch ein einziges Wort oder den leisesten Wink über den wahren Stand der Dinge aufzuklären. Denn der Neger Babo, der mit allen Anzeichen eines ergebenen Sklaven das Amt seines Leibdieners versah, ließ den Zeugen nicht einen Moment aus den Augen. Er wollte die Handlungen und Worte des Zeugen genau überwachen, da er gut Spanisch versteht. Außerdem hielten sich stets einige Neger in der Nähe auf, die unentwegt aufpaßten und ebenfalls Spanisch verstanden... Als der Zeuge einmal im Gespräch mit Kapitän Delano auf Deck stand, zog der Neger Babo ihn (den Zeugen) auf ein geheimes Zeichen beiseite, wobei der Zeuge den Eindruck erwecken mußte, daß er selbst dazu Veranlassung gegeben habe. Dann schlug ihm der Neger Babo vor, Kapitän Amasa Delano nach allen Einzelheiten seines Schiffes einschließlich der Mannschaft und Bewaffnung auszufragen. Auf die Frage des Zeugen, »warum«, antwortete der Neger, er werde es schon verstehen. Bei dem Gedanken, was dem großmütigen Kapitän zustoßen könnte, weigerte sich der Zeuge zunächst, die gewünschten Fragen zu stellen; er führte verschiedene Gegengründe an, um den Neger Babo von diesem neuen Vorhaben abzubringen. Da zeigte ihm der Neger Babo die Spitze seines Dolches. Nachdem er die Auskünfte erhalten hatte, zog ihn der Neger Babo wieder beiseite und sagte ihm, daß er (der Zeuge) in dieser Nacht Kapitän zweier Schiffe wäre; denn da ein großer Teil der Besatzung des amerikanischen Schiffes zum Fischfang ausziehen wolle, könnten die sechs Aschanti ohne weitere Hilfe das Schiff mühelos nehmen. Dann sagte er noch andere Dinge in diesem Sinne. Die dringenden Bitten des Zeugen verhallten ungehört. Vor Amasa Delanos Ankunft an Bord hatte nichts darüber verlautbart, daß das amerikanische Schiff gekapert werden sollte. Der Zeuge war machtlos, dieses Vorhaben zu verhindern ... In einigen Fällen ist sein Gedächtnis getrübt, und er kann sich nicht genau an alle Einzelheiten erinnern. ... Als sie um sechs Uhr abends Anker geworfen hatten, verabschiedete sich der amerikanische Kapitän, um auf sein Schiff zurückzukehren. In einem plötzlichen Impuls, der dem Zeugen, wie er meint, von Gott und seinen Engeln eingegeben wurde, folgte er Kapitän Amasa Delano nach dem Abschiednehmen bis zum Schanzdeck, wo er unter dem Vorwande, die Höflichkeit verlange es, stehenblieb, bis Kapitän Amasa Delano seinen Sitz im Boot eingenommen hatte. Als dieses abstieß, sprang der Zeuge vom Schanzdeck ins Boot und fiel darin nieder – er weiß selbst nicht wie, Gott hat ihn beschützt, und ...

(Im Original folgt hier der Bericht über die späteren Vorfälle während der Flucht, über die Wiedereinnahme der ›San Dominick‹ und die Reise zur Küste. Der Bericht enthält viele Bezeugungen ›ewiger Dankbarkeit‹ gegen den ›großmütigen Kapitän Amasa Delano‹. Die Aussage enthält weiterhin Wiederholungen sowie eine teilweise Wiederaufzählung der Neger und ihres persönlichen Anteils an den vergangenen Geschehnissen, womit bezweckt wird, dem Gericht die verlangten Unterlagen für die zu fällenden Urteile zu liefern. Diesem Abschnitt wurde folgendes entnommen:)

Der Zeuge glaubt, daß sämtliche Neger den Aufruhr billigten, wenn sie auch vorher nicht wußten, daß er geplant sei ... Der Neger José, achtzehn Jahre alt und in Don Alexandros persönlichen Diensten, hatte dem Neger Babo alles Wissenswerte über die Lage in der Kajüte mitgeteilt. Dies ist bekannt, weil er in vorgerückter Nachtstunde aus seiner Koje, die unter der seines Herrn in der Kajüte lag, auf Deck zu kommen pflegte, wo sich der Rädelsführer und seine Helfershelfer aufhielten, und weil er mit dem Neger Babo geheime Unterredungen hatte, bei denen er mehrmals von dem Maat gesehen wurde; in einer Nacht mußte ihn der Maat zweimal vertreiben ... Derselbe Neger José war es, der, ohne – wie Lecbe und Matinqui – von dem Neger Babo Befehl erhalten zu haben, seinen halbtot auf Deck gezerrten Herrn Don Alexandro erstach ... Der Steward, der Mulatte Francesco, gehörte zur ersten Abteilung der Rebellen und war in allen Stücken das Geschöpf und Werkzeug des Negers Babo. Um sich beliebt zu machen, schlug er vor dem Mittagessen in der Kajüte vor, dem großmütigen Kapitän Amasa Delano ein vergiftetes Gericht vorzusetzen, was bekannt und beglaubigt ist, weil es die Neger gesagt haben. Der Neger Babo, der sich mit anderen Absichten trug, verbot es Francesco ...

Der Aschanti Lecbe war einer der gefährlichsten Burschen der Bande. Er beteiligte sich an dem Tage, da das Schiff wiedergenommen wurde, in jeder Hand ein Beil, an seiner Verteidigung und verwundete mit einer dieser Waffen den Ersten Maat Amasa Delanos, als er an Bord kam, an der Brust. Alle wissen darum. Vor den Augen des Zeugen erschlug Lecbe mit einem Beil Don Francisco Masa, den er auf Befehl des Negers Babo geholt hatte, damit er lebend über Bord geworfen werde. Ferner nahm er an der oben erwähnten Ermordnung Don Alexandro Arandas und anderer Kajütenpassagiere teil. Wie Rasende kämpften die Aschanti bei dem Treffen mit den Booten; doch sind Lecbe und Yau am Leben geblieben. Yau war ebenso schlimm wie Lecbe. Yau war es, der auf Befehl des Negers Babo das Skelett Don Alexandros bereitwillig präparierte. Wie dies geschah, wurde dem Zeugen später mitgeteilt; jedoch würde er bis zu seinem letzten Atemzuge darüber schweigen. Yau und Lecbe nagelten im Dunkel der Nacht das Skelett an den Bug; auch das hatten ihm die Neger erzählt. Der Neger Babo setzte eigenhändig die Unterschrift darunter. Der Neger Babo war der Anstifter von allem und jedem. Er befahl jeden Mord und war das Herz und die Seele des Aufruhrs. Atufal war in allem sein Stellvertreter. Aber Atufal hat ebensowenig wie der Neger Babo mit eigener Hand gemordet... Atufal wurde erschossen: er fiel im Kampf mit den Booten, ehe das Schiff geentert wurde... Die älteren Negerinnen waren über den Aufstand unterrichtet und zeigten sich vom Tode ihres Herrn Don Alexandro befriedigt. Wenn sie nicht von den Negern zurückgehalten worden wären, hätten sie die Spanier, die auf Befehl des Negers Babo gemeuchelt wurden, zu Tode gefoltert. Die Negerinnen taten ihr Äußerstes, um zu erreichen, daß der Zeuge gefoltert würde. Bei verschiedenen Mordtaten sangen und tanzten sie, jedoch nicht auf fröhliche, sondern auf feierliche Art. Vor dem Treffen mit den Booten und während der Kampfhandlung sangen sie den Negern schwermütige Gesänge vor, deren Schwermut aufreizender war als alles andere, was auch beabsichtigt war. All das ist beglaubigt, weil es die Neger gesagt haben.

Von den sechsunddreißig Leuten der Mannschaft, außer den Passagieren (die sämtlich tot sind), leben nach Kenntnis des Zeugen nur noch sechs, ferner vier Kajüten- und Schiffsjungen, die nicht zur eigentlichen Mannschaft zählten... Die Neger brachen einem der Kajütenjungen den Arm und versetzten ihm Beilhiebe.

(Es folgen einige zusammenhanglose Bekundungen, die sich auf verschiedene Zeitabschnitte beziehen. Daraus ist folgendes ausgewählt:)

Während der Anwesenheit Kapitän Delanos an Bord wurden von den Matrosen und von Hermenegildo Gandix etliche Versuche unternommen, ihm Winke über den wahren Sachverhalt zu geben; diese Versuche waren aber wirkungslos, weil bei deutlicheren Zeichen sofortiger Tod zu befürchten war und weil der Schein dem wahren Sachverhalt widersprach und Kapitän Amasa Delano in seiner Großmut und Güte nicht fähig war, eine solche Verworfenheit zu durchschauen. Luys Galgo, ein etwa sechzigjähriger Seemann, der früher in der Königlichen Marine gedient hatte, gehörte zu jenen, die Kapitän Amasa Delano Zeichen zu geben suchten; aber seine Absicht wurde, obwohl sie unentdeckt blieb, geahnt. Unter einem Vorwand brachte man ihn auf die Seite und zuletzt in den Schiffsraum, wo er niedergemacht wurde. Dies haben später die Neger gesagt ... Einem der Schiffsjungen, der aus der Gegenwart Kapitän Amasa Delanos Hoffnungen bezüglich der Befreiung schöpfte und nicht genug Vorsicht walten ließ, entfuhr ein zufälliges Wort über seine Erwartungen, das von einem Sklavenjungen, mit dem er gerade aß, gehört und verstanden wurde; dieser stieß mit einem Messer nach seinem Kopfe und brachte ihm eine schwere Verletzung bei, von der er jedoch bald geheilt sein wird. In ähnliche Gefahr geriet einer der Seeleute, der das Steuer bediente, indem er den Schwarzen einen Gesichtsausdruck zeigte, der auf ähnliche Ursachen wie im vorgenannten Falle zurückzuführen war. Dieser Matrose entkam jedoch durch sein späteres besonnenes Benehmen ... Diese Ausführungen sollen dem Gerichtshof zeigen, daß der Zeuge und seine Leute vom Anfang bis zum Ende des Aufstandes keine Möglichkeit besaßen, anders zu handeln, als sie gehandelt haben. Der dritte Schreiber, Hermenegildo Gandix, den man vorher gezwungen hatte, unter den Matrosen zu leben und ihre Kleidung zu tragen, und der damals in jedem Falle zu ihnen zu gehören schien, wurde durch eine Kugel getötet, die infolge eines Mißverständnisses vor dem Entern von den Booten abgegeben wurde. In seiner Angst war er in die Besantakelung geklettert und hatte den Männern in den Booten zugerufen, nicht an Bord zu kommen, weil er sonst fürchtete, von den Negern getötet zu werden. Die Amerikaner hatten dies jedoch so verstanden, daß er auf der Seite der Neger stehe, und gaben zwei Schüsse auf ihn ab, worauf er verwundet aus der Takelage fiel und im Meer ertrank ... Der junge Don Joaquin Marqués de Aramboalaza war wie Hermenegildo, der dritte Schreiber, zum Dienst und zur Kleidung eines gemeinen Matrosen verurteilt worden. Als dieser bei einer Gelegenheit zurückgeschreckt war, befahl der Neger Babo dem Aschanti Lecbe, Teer zu erhitzen und ihm auf die Hände zu gießen ... Don Joaquin wurde infolge eines anderen Mißverständnisses von den Amerikanern getötet, was nicht zu vermeiden war, da ihn die Neger gezwungen hatten, bei der Ankunft der Boote mit einem Beil an der Reling zu stehen, das aufrecht und mit der Klinge nach vorn an seine Hand gebunden war. Da man ihn bewaffnet und in so fragwürdiger Haltung sah, hielt man ihn für einen abtrünnigen Matrosen und erschoß ihn ... Am Leibe Don Joaquins wurde ein Edelstein gefunden, den er nach Schriftstücken, die man später entdeckte, für den Schrein Unserer Hilfreichen Mutter in Lima bestimmt hatte – als schon vorher bereitgehaltenes Weihgeschenk für den glücklichen Ausgang seiner Reise von Spanien nach Peru, seinem letzten Bestimmungsort ... Der Edelstein befindet sich mit der übrigen Habe des verstorbenen Don Joaquin in der Obhut der Brüder des Priesterhospitals, die die Verfügung des hohen Gerichtshofes darüber erwarten ... Infolge des Gesundheitszustandes des Zeugen und der Schnelligkeit, mit der die Boote zum Angriff ausfuhren, konnte den Amerikanern nicht mitgeteilt werden, daß sich unter der vermeintlichen Mannschaft ein Passagier und ein Schreiber, von dem Neger Babo verkleidet, befanden ... Außer den im Gefecht gefallenen Negern wurden einige in der Nacht nach der Gefangennahme und Wiederverankerung des Schiffes getötet, als sie auf Deck an die Ringbolzen gefesselt waren. Diese Morde begingen die Matrosen, ehe sie daran gehindert werden konnten. Sobald Kapitän Amasa Delano hierüber verständigt war, setzte er seine ganze Autorität ein und schlug eigenhändig insbesondere den Martinez Gola nieder, der mit einem Rasiermesser, das er in der alten Jacke eines gefesselten Negers gefunden hatte, einem Schwarzen die Kehle durchschneiden wollte. Desgleichen entwand der edle Kapitän Amasa Delano der Hand des Bartholomew Barlo einen Dolch, den er seit der Zeit der Niedermetzelung der Weißen verborgen gehalten hatte und mit dem er auf einen gefesselten Neger einstach, der ihn am gleichen Tage mit einem anderen Neger zu Boden geworfen und getreten hatte... Der Zeuge kann hier nicht über alles aussagen, was sich in der langen Zeit ereignet hatte, in der das Schiff sich in der Gewalt des Negers Babo befand; doch ist das, was er bekundet hat, das Wesentliche, woran er sich im Augenblick erinnert, und die mit seinem Eid beschworene Wahrheit. Diese Erklärung bestätigte er, nachdem man sie ihm vorgelesen hatte.

Er sagte, daß er neunundzwanzig Jahre alt und an Leib und Seele gebrochen sei. Nach seiner Entlassung vom Gericht wolle er nicht in seine chilenische Heimat zurückkehren, sondern sich in das Kloster auf dem Berge Agonia außerhalb der Mauern zurückziehen. Er unterschrieb, bekreuzigte sich und kehrte in seiner Sänfte, wie er gekommen war, begleitet von dem Mönch Infelez, ins Priesterhospital zurück.

Doktor Rozas   Benito Cereno.

Wofern diese Aussage wie ein Schlüssel in das Schloß der vorausgegangenen Verwicklungen paßt, liegt jetzt die ›San Dominick‹ gleich einem Gewölbe, dessen Tür aufgestoßen wurde, offen.

Bisher hat es die Art der Erzählung, abgesehen von den unvermeidlichen Verwirrungen des Anfangs, mehr oder weniger erfordert, daß vieles, statt in der Reihenfolge des Geschehens, im Rückblick oder ganz ungeordnet gebracht werden mußte. Dies bezieht sich auch auf folgende Absätze, die den Bericht abschließen:

Während der langen, ereignislosen Reise nach Lima kam, wie schon gesagt wurde, eine Zeit, in der der Kranke teilweise seine Gesundheit und in gewissem Grade seinen Seelenfrieden wiedererlangte. Ehe der entscheidende Rückfall eintrat, führten die beiden Kapitäne viele freundschaftliche Gespräche miteinander, wobei ihre brüderliche Aufgeschlossenheit gegen ihre früher geübte Zurückhaltung seltsam abstach.

Immer wieder kamen sie darauf zurück, wie schwer es dem Spanier gefallen war, die ihm von Babo aufgezwungene Rolle durchzuführen.

»Ach, mein lieber Freund«, sagte Don Benito einmal, »gerade in den Augenblicken, da Sie mich für so mürrisch und undankbar hielten, ja mich fast, wie Sie jetzt zugeben, des geplanten Mordes verdächtigten – gerade in diesen Augenblicken war mein Herz erstarrt. Ich konnte Ihnen nicht ins Gesicht sehen, wenn ich daran denken mußte, was sowohl an Bord dieses als auch Ihres eigenen Schiffes von fremden Händen über meinen gütigen Wohltäter verhängt war. So wahr Gott lebt, Don Amasa – ich weiß nicht, ob mir der Wunsch nach eigener Sicherheit allein die Kraft gegeben hätte, in Ihr Boot zu springen. Aber konnte ich Sie arglos auf Ihr Schiff zurückkehren lassen, wo Sie, mein bester Freund, mit allen, die bei Ihnen waren, in der kommenden Nacht in ihren Hängematten überfallen worden wären, um in dieser Welt nicht wieder zu erwachen? Wenn ich mir vorstelle, wie Sie auf diesem Deck herumgingen, in dieser Kajüte saßen, wo jeder Zollbreit Boden unter Ihren Füßen ausgehöhlt war wie eine Bienenwabe! Hätte ich nur die kleinste Anspielung, den kleinsten Versuch gemacht, mich mit Ihnen zu verständigen, so wäre unser beider sofortiger Tod die unvermeidliche Folge gewesen.«

»Wahrlich«, rief Kapitän Delano erschauernd aus. »Sie haben mir mehr das Leben gerettet als ich Ihnen, Don Benito – es gegen mein Wissen und Wollen gerettet.«

»Nein, mein Freund«, erwiderte der Spanier, der seine Höflichkeit selbst in religiösen Dingen nicht vermissen ließ, »Gott hat Ihr Leben beschützt, Sie jedoch retteten das meine. Wenn ich an manche Ihrer Handlungen, an Ihr Lächeln und Plaudern, an Ihre kühnen Anspielungen und Gesten denke: um Geringeres haben sie Raneds, meinen Maat, erschlagen! Aber der Herr des Himmels hat Sie sicher durch alle Nachstellungen geleitet!«

»Ja, es ist alles der Vorsehung zu danken, ich weiß es wohl. Aber mein Gemüt war an jenem Morgen noch froher gestimmt als sonst, und der Anblick so vielen Elends, das mehr vorgespiegelt als wirklich war, fügte meiner guten Laune noch das Mitleid und die Nächstenliebe bei, und diese drei Gefühle vereinigten sich aufs glücklichste miteinander. Wäre es anders gewesen, so hätte meine Einmischung in die Angelegenheiten der Neger ohne Zweifel, wie Sie ganz richtig sagen, traurig genug ablaufen können. Übrigens machten es mir die Gefühle, von denen ich sprach, möglich, mein momentanes Mißtrauen zu überwinden, während Scharfsinn mich das Leben kosten konnte, ohne daß ich damit das anderer gerettet hätte. Nur zu allerletzt überwältigte mich das Mißtrauen, und Sie wissen ja, wie weit ich damit irrte.«

»Allerdings«, sagte Don Benito traurig. »Sie verbrachten den ganzen Tag mit mir, standen und saßen neben mir, Sie sprachen mit mir und sahen mich an, Sie aßen und tranken mit mir – und doch ergriffen Sie mich zuletzt wie einen Unhold – nicht nur einen unschuldigen, sondern den beklagenswertesten aller Menschen. Bis zu solchen Handlungen können uns arge Machenschaften und Vorspiegelungen verleiten. So weit kann sich der beste Mensch verirren, wenn er das Betragen eines anderen beurteilt, ohne mit den Hintergründen seiner Lage vertraut zu sein. Aber Sie wurden dazu gezwungen und rechtzeitig eines Besseren belehrt. Möge dies in beiden Beziehungen immer und bei allen Menschen so sein!«

»Sie verallgemeinern, Don Benito – und in recht bedauernswerter Weise. Aber was vergangen ist, ist vergangen; warum jetzt noch darüber sprechen? Vergessen Sie es! Sehen Sie, die blanke Sonne und das blaue Meer und der blaue Himmel – sie haben alles vergessen; sie haben ein anderes Kapitel aufgeschlagen.«

»Weil ihnen das Gedächtnis fehlt«, antwortete Don Benito niedergeschlagen, »weil sie nicht menschlich sind.«

»Aber diese sanften Passate, die Ihre Wange streicheln – kommen sie nicht mit Menschenhänden, Ihre Wunden zu lindern? Gefühlvolle und beständige Freunde sind die Passatwinde.«

»Mit ihrer Beständigkeit wehen sie mich höchstens ins Grab, Señor«, war die ahnungsvolle Antwort.

»Sie sind gerettet!« rief Kapitän Delano fassungslos und gequält aus. »Sie sind gerettet! Was für ein Schatten liegt noch über Ihnen?«

»Der Neger.«

Dann entstand Schweigen. Langsam und unbewußt zog der schwermütige Mann seinen Mantel um sich wie ein Leichentuch.

An diesem Tage nahmen sie ihr Gespräch nicht wieder auf.

Wenn jedoch zuweilen bei solchen Gesprächen die Schwermut den Spanier schließlich in Schweigen versinken ließ, gab es anderes, das er überhaupt nie berührte und worüber er seine ganze frühere Zurückhaltung ausbreitete. Wir wollen das Bitterste übergehen und zur Klarstellung nur einen oder zwei Punkte erwähnen. Die gepflegten und kostbaren Kleider, die er am Tage der erzählten Begebenheiten getragen hatte, waren ihm gegen seinen Willen angelegt worden. Und der silberbeschlagene Degen, scheinbar das Sinnbild seiner despotischen Herrschaft, war in Wirklichkeit kein Degen, sondern nur der Schemen eines solchen. Die künstlich gesteifte Scheide war leer.

Was den Schwarzen betrifft, dessen Hirn den Aufruhr und die Verschwörung angezettelt und geleitet hatte und dessen dürftiger Rahmen zu dem Bilde, das er enthielt, nicht paßte, so hatte er sich im Boot der überlegenen Stärke des Mannes, der ihn gefangennahm, gebeugt. Sobald er gesehen hatte, daß alles verloren war, sprach er kein Wort mehr und konnte auch nicht dazu gezwungen werden. Sein Anblick schien zu besagen: Da ich keine Taten verrichten kann, will ich auch keine Worte sprechen. Mit den anderen Negern im Schiffsraum in Eisen gelegt, wurde er nach Lima gebracht. Während der Reise suchte ihn Don Benito nicht auf. Er wollte ihn weder damals noch zu späterer Zeit sehen. Vor dem Tribunal lehnte er es rundweg ab. Als ihn die Richter bedrängten, fiel er in Ohnmacht. Die gesetzliche Identität Babos beruhte lediglich auf dem Zeugnis der Matrosen.

Einige Monate später fand der Schwarze, am Schwanz eines Maultieres zum Galgen geschleift, sein klangloses Ende. Sein Rumpf wurde zu Asche verbrannt; aber viele Tage lang hielt sein Kopf, diese Brutstätte abgefeimter Gedanken, auf der Plaza auf eine Stange gespießt, unbeschämt den Blicken der Weißen stand. Über die Plaza schaute er nach der St.-Bartholomäus-Kirche, in deren Gewölben damals wie heute die geretteten Gebeine Don Arandas ruhten, und über die Rimac-Brücke nach dem Kloster auf dem Berge Agonia außerhalb der Mauern, wo, drei Monate nach seiner Entlassung vom Gericht, Benito Cereno, auf einer Bahre getragen, wirklich seinem Führer folgte.